DARIA BUNKO

美しすぎる男

愁堂れな

ILLUSTRATION 蓮川 愛

ILLUSTRATION
蓮川 愛

CONTENTS

この作品はフィクションです。
実在の人物・団体・事件などに一切関係ありません。

美しすぎる男

1

「京《けい》さん、ただいま戻りました」

ここはT大学のとある法医学教室。ドアを開き、明るい声で室内に入ってきた助手、後藤嶺路《ごとうれいじ》を、この室の長である准教授の廣瀬《ひろせ》京は笑顔で迎えた。

「お疲れ。何か疑問は出なかったか？」

「気になるのなら自分で行けばよかったのに」

口を尖《とが》らせ、ぼそりと告げた後藤の後頭部を京はいつものように軽く叩《たた》くと、

「痛」

と大仰に痛がってみせた彼の頭を、それに相応しい強さで叩き直したあとに、

「で？　疑問は？　出たか？」

と再度問うた。

「出たような出なかったような、ですかね」

「なんだそれは」

呆《あき》れた京がまた手を上げようとしていることに気づいた後藤が、

「マジ勘弁してくださ い」

と悲鳴を上げる。

「京さん、ガタイいい上に、柔道四段でしょ？　京さん的には軽く叩いたつもりでも、受けるほうのダメージたるや、物凄《ものすご》いんですから」

「レージもそんなチャラそうな形《なり》をして、柔道は黒帯だろ？　素人相手ならもっと加減をするさ」

肩を竦《すく》めた京の外見は、実に特徴的なものだった。

身長は百八十八センチもあり、後藤の言葉どおり、鍛え上げられていることがよくわかる、筋骨隆々といった体つきをしている。

これもまた後藤の言うとおり、柔道四段ではあったが、それ以外にも剣道も四段、合気道は五段という腕前だった。

よく、ハーフかクォーターに間違えられる、濃い顔立ちである。端整、という言葉が実に相応しい精悍《せいかん》な二枚目なのだが、本人は己の外見に対してまったく興味を持っておらず、髪も鬱陶《うっとう》しくなるまで伸ばしっぱなしだし、髭《ひげ》もいい加減にしかあたらない。

普通の人がそうした状態にあると『ムサい』という印象を周囲に与えかねないが、京はその恵まれた容姿ゆえ、『ワイルド』『男くさい』と評される。今は監察医としての仕事がメインとなったため教壇に立つことはなくなったが、講義を受け持っていたときには女子学生の比率が著しく高い上に出席率もやたらといいことを教授たちから羨《うらや》ましがられたものだった。

「チャラいって、酷《ひど》いなあ」

口を尖らせた後藤に向かい、雑談はここまで、と京が先ほどと同じ問いを発する。

「それより、解剖所見についての捜査会議の反応を教えてくれよ」

「報告したいのはやまやまなんですが、本当にネタがないんですよ」

そう言うと後藤は、彼の癖である、大学の研究室勤務には似合わぬ長めの茶髪を梳《す》き上げる仕草をし、更に言葉を続けた。

「というのも、僕が解剖所見を届けたとき、まだ会議は始まってなかったんです。なんでも今日、立川署《たちかわしょ》から配属になった刑事がいて、ちょうど挨拶《あいさつ》をしているところにぶち当たってしまったもので」

「へえ、この時期に、しかも所轄からの異動とは珍しいな」

興味をそそられた京だったが、後藤は更に彼の興味を煽《あお》るような言葉を口にした。

「その上、凄い美人なんですよ」

「女性の刑事か。ますます珍しい……なんて言ったら怒られるか」

肩を竦めた京に向かい、後藤がにや、と笑ってみせる。

「確かにその発言はフェミニストたちに怒られそうではありますが、今回はセーフです」

「セーフ?」

なぜだ、と眉《まゆ》を顰《ひそ》めた京に後藤が答えを与える。

「男なんです」

「男？　美人って言わなかったか？」

男であれば『イケメン』とか『ハンサム』などの表現になりそうなものだが、と首を傾《かし》げた京に後藤が、

「見れば納得ですよ」

と告げたそのとき、部屋のドアがノックされたと同時に大きく開いたものだから、京をはじめ室内にいた後藤や他の助手たちは誰が入ってきたのかとそのほうを見やった。

「すみません、廣瀬先生、いらっしゃいますか？」

入ってきたのは若い男だったのだが、彼の顔に京もその場にいた皆も、声を失い見入ってしまったのだった。

三十一年の人生の中で、京はこれほどまでに美しい人間を見たことがなかった。

服装は紺のスーツに地味なネクタイであるのに、本人の持つ華やかさゆえ、文字どおり彼の周囲が輝いて見える。

まさに『美貌《びぼう》』としか表現し得ない顔だった。きりりとした眉、成人男性にしては大きな瞳は、長く濃い睫《まつげ》に縁取られている。

すっと通った鼻筋、厚すぎず薄すぎない形のよい唇《くちびる》。まさに神による完璧な造形ともいうべ

き整った形のパーツが白い小さな顔の中にこれまた完璧に配置されている。

その肌もまた透明感があり、輝くほどに美しかった。過ぎるほどの美は現実味《リアリティ》を奪うもので、京は一瞬、自分が夢でも見ているかのような錯覚に陥った。

「……あの、ここ、廣瀬先生の部屋ですよね？」

返事のないことを訝《いぶか》ったらしい彼が眉を顰め、再度問いかけてきたのに、ようやく我に返った京が男に声をかける。

「廣瀬は俺だが、君は？」

「本日付で捜査一課に配属となった藤川《ふじかわ》です」

言いながら『美人』が――藤川と名乗った男が、内ポケットに手を入れ、取り出した警察手帳を開いて廣瀬に示してみせる。

「藤川……レイラ巡査部長」

墨痕《ぼっこん》鮮《あざ》やかに書かれた名前と階級を読み上げたあと、珍しいなと思った京はつい、

「レイラ？」

とカタカナ表記の彼の名を呼び直してしまった。

「聞かれる前に言っておくが自分はハーフではないし、当然ながら本名だ。ついでに言うと名前の話題で引っ張られるのはあまり好きじゃない」

途端に藤川が、立て板に水がごとく一気にそうまくし立ててきたのに、京は最初唖然《あぜん》とした

藤川 レイラ
POLICE
警視庁

が、すぐに苦笑した。この名前なら仕方がないかと思えたからである。

「何が可笑《おか》しいんです?」

だがその笑いをどうやら『嘲笑《ちょうしょう》』ととったらしい藤川が美しい眉を顰め、問い質《ただ》してきたため、誤解だ、と慌《あわ》てて首を横に振る。

「いや、ただ、親がクラプトンのファンなのかと思っただけだ。俺もファンなので」

京が笑ったのは、実は、自分もまた自己紹介のたびに『京』という名前について毎度同じような内容で――京都《きょうと》の出身なのか、や、読み方が『けい』とわかると、親が数学者なのか、といったようなことで――突っ込まれるので、うんざりする気持ちはわかると思ったからだった。

だが初対面の相手にいきなりシンパシーを語られても、ありがた迷惑だろうと思い、敢《あ》えてそう答えたのだが、それがますます相手の気分を害することになるとは想像だにしていなかった。

「ああ、『愛しのレイラ』ですね」

横から後藤が茶々を入れた挙げ句、ギターを弾く真似をしながら、有名すぎるその曲のイントロを口で奏でてみせたのがまた、気に障《さわ》ったらしい。

「名前の話題は好まないと言ったはずだが」

むっとしているのを隠そうともせず、藤川はそう言い捨てると、いきなり京の目の前にA4

サイズの紙片を突き出してきた。

「え？」

一瞬、なんだかわからず戸惑いの声を上げた京だったが、すぐにそれが先ほど自分が後藤に届けさせた解剖所見とわかり、藤川の来訪の意図を察した。

それで笑顔で対応しようとしたのだが、それより前に藤川が告げた言葉を聞き、つい、むっとしてしまったのだった。

「この解剖所見、あきらかに間違っているだろう。いい加減な仕事をされては困る。即、やり直してくれ」

「ちょっと待て」

頭ごなしに『間違っている』と決めつけられてはさすがに黙っていられない、と京もまた厳しい顔になり藤川を真っ直ぐに見据えたまま言葉を続けた。

「疑問は出ると想定していた。が、解剖から導かれた結論は書いたとおりだ。遺体からあきらかになった真実は何度やり直そうが変えようがない」

監察医になって二年、京は彼なりの『仕事に対するポリシー』を貫いてきた自負があった。

解剖に回されてくる遺体は、『不審死』を迎えた者であり、他者により命を奪われたケースが——いわゆる殺人事件の被害者であることが多い。

自らの意思ではなく命を奪われたと思われる遺体が現世に遺《のこ》した最期《さいご》の声を、解剖により余すところなくすべて聞き取ろう、というのが京のポリシーなのだった。誠心誠意、遺体と向かい合い遺体が放つ声に必死で耳を傾ける。

それを『間違っている』と言われては反論せざるを得ない、と京は、目の前に差し出された解剖所見を奪い取ると、それを示しながら藤川に説明を始めた。

「いいか？　君ら警察は殺人事件にしたいんだろうが、結論から言えばこれは自殺だ。致命傷となったこのナイフの角度、これは決して……」

「あり得ない。自殺のわけがないんだ。自殺に見せかけた殺人だ。自分で書いた解剖所見、ちゃんと読んでいるのか？」

藤川はまるで京の言葉を聞こうとせず、逆に京に向かい暴言を吐いてきた。

「…………」

読んでいるに決まっている、と憤るより前に京は、藤川がなぜ『自殺のわけがない』という考えに至ったかを確信した。

同時に、配属早々、やらかしたのではないかという可能性にも気づき、なるほど、そういうことか、と一人頷《うなず》く。

「黙ってないで答えてもらおうか」

京の沈黙をどうとったのか、藤川が尚も詰め寄ってくる。

「……君の言う『解剖所見を読んだか』は、被害者が末期癌《がん》で余命はもってあと三ヶ月なのに、自ら命を絶とうとするわけがない、というところだろう？」

「そうだ。主治医に確認したところ、本人への告知はすんでいるとのことだった。三ヶ月後に死ぬことがわかっている人間がなぜ今のこの時期、自ら命を絶つ？　しかも被害者の体調は悪く、一人では起き上がるのがやっとだったという。自殺の理由はない。だが、彼がこのタイミングで殺される理由ならある」

京の言葉にきっぱりと頷いたあと、滔々《とうとう》と喋《しゃべ》り続ける藤川の顔に、京をはじめとする法医学教室の皆はつい、見惚《みと》れてしまった。

白皙《はくせき》の頬《ほほ》が紅潮し、黒曜石のごとき瞳は微《かす》かに潤《うる》んでキラキラと美しい輝きを放っている。長い睫。薔薇色《ばらいろ》の唇。生身の人間とは思えない美しさだ、と自身でも気づかぬうちに見入ってしまっていた京は、藤川から、

「おい、聞いてるのか！」

と怒声を浴びせられ、はっと我に返った。

「悪い。あまりに綺麗で見惚れてた」

京としては感じたとおりを正直に言っただけだったのだが、それを聞いた藤川の顔色が一気に変わった。

「ふざけてるのか？　俺は捜査の話をしてるんだが」

「わかってる。悪かったよ。でもなんていうか……」

あからさまにむっとしている藤川の、その顔もまた美しい、と見惚れそうになり、京は慌てて頭を振ると改めて藤川を見やった。

「しかしほんと、『美人』だな。聞いたとおりだ」

いやはや、と感心した声を上げ、『美人』の情報を与えてくれた後藤を見やったそのとき、不意に伸びてきた手に襟首《えりくび》を掴まれ、京はその手の主である『美人』を——藤川を、唖然として見やった。

「なに？」

襟元を締め上げられ、何事か、と目を見開いた京にぐっと顔を近づけ、藤川が顔に似合わぬドスの利《き》いた声で凄んでくる。

「いい加減にしろ。俺は真面目な話をしに来たんだ。ふざけるなって言ってるんだよ」

「ああ、悪い。ふざけたわけじゃない」

確かに、今までの自分の言動は『ふざけている』ととられても仕方がなかったかもしれない。それにしても、綺麗な見た目を裏切る喧嘩っ早さだな、と呆れた京は己の襟首を掴む藤川の手を手首を掴んで外させようとした。

「ん？」

しかし、華奢《きゃしゃ》といっていい細さであるのに、彼の手はびくとも動かない。これは相当鍛えているな、と、京は一瞬本気を出しかけたが、今は対抗している場合じゃないかとすぐに思い直した。

「ともかく、不快にさせたのなら悪かった」

　話を解剖所見に戻そう、と、襟首を締め上げられたまま頭を下げた京だったが、続く藤川の言葉は彼にとっては聞き捨てならないもので、抑えたはずの本気をつい出してしまったのだった。

「普段からそうしてふざけているから、こんなふざけた解剖所見を出してくるんだろうが」

「ちょっと待て」

　文字どおり『命を削って』やっている仕事に関して『ふざけている』と決めつけられ、京の頭に血が上った。

　藤川の手首を再び掴んで強引に外させると、彼がその手を動かすより前に今度は京が藤川の襟首を掴み、締め上げた。

「……っ」

　藤川が京の手首を掴み返してきたが、外させるものか、と睨《にら》み付け口を開く。

「俺はふざけた男かもしれないが、監察医の仕事には命をかけているんだ。『ふざけている』『間違っている』とお前は決めつけているが、まずは俺の話を聞けよ。それから判断しろ。単なるお前の思い込みで、俺や俺と一緒に遺体と真剣に向き合ったここにいる皆の仕事を馬鹿にするな！」

もともと京は声が大きい。しかも最も広い階段教室での講義でもマイクを使ったことがないというほど、よく響く声質をしていた

狭い室内では、戸棚のガラスがビリビリと震えるほどの迫力ある怒声に、藤川は虚を衝かれたような顔になっていたが、すぐさま唇を噛むと、再び京の手首を掴んできた。

「…………」

言うことは言った。少し気がすんだこともあり、京は藤川が力を入れるより前に彼の服を離し、床に落としてしまった解剖所見を拾い上げる。

「被害者は確かに余命三ヶ月と宣告されていた。だから自殺はない、という先入観を被害者も利用しようとしていたのではないかと思う。死因はナイフで背を刺された結果の失血死。いわば『刺殺』だが、おそらく椅子にナイフを固定し、後ろに倒れかかることで体重をかけていったのだと思われる。それなら体力は使わないし、加えてダイニングの椅子の背にナイフの跡が残っていた上、遺体の後頭部には倒れ込むときに椅子の背にぶつけたと思われる小さな瘤《こぶ》ができていた。勢い余ったんだろう」

「……しかし、それだけでは自殺と……」

断定できないのではないか、と告げようとする藤川に先回りをし、京は説明を続けた。

「ナイフの角度も問題だ。被害者の身長は百五十センチ弱と非常に低い。その被害者の背にナイフは上向きの角度で刺さっていた。柄が身体に食い込むほど、一気にグサッと。一体どうい

う体勢で加害者は被害者の背を刺したんだ？　被害者は床に倒れていた。ということは立っていたか、もしくは床に座っていたか、だ。寝ていたところを刺したにしても、横向けに倒れていたのでナイフをその角度で突き立てるのは困難だろう」

「……しかし……椅子など、遺体の近くにはなかったはずだ」

理路整然とした京の説明に、藤川はようやく耳を傾ける気になったらしい。眉を顰めつつそう言葉を挟んできた彼に、京はそうだ、と深く頷いた。

「第一発見者に協力を頼んだのではないかと思う。確か長年勤めていた家政婦さんだったよな？　椅子を片付けることと、もう一つ、手袋を外すことを頼んだと推察できる。遺体の爪《つめ》のところ、ささくれになっていたんだが、白い繊維が微かに残っていた。薄手の綿の手袋ではないかと見ている」

そのことも解剖所見には書いたはずだが、と京は自分の記した書類に目を落とした。

「悪かった」

それとほぼ同時に、目の前にいた藤川に深く頭を下げられ、視線を彼へと戻す。

「他殺に違いないというのは俺の思い込みだった。解剖所見を熟読した上でここに来るべきだった。捜査会議でこの解剖所見のとおり、自殺の線が濃厚という結論が下りそうになったのが信じられずに、思わず来てしまったんだが……」

ここで藤川は一旦顔を上げ、京と目を合わせてから、再び、

「申し訳なかった」

と更に深く頭を下げた。

「気にしないでくれ。君は疑問を解決しに来ただけだ」

端から『誤っている』と決めつけられたことにはさすがにむっとしたが、配属されたばかりという気負いがあったからだろう。

京は外見にかまわないことからもわかるとおり、もともとおおらかな性格をしていた。あまり怒りを引き摺《ひず》ることなく、相手が間違いを認めた場合はすぐに許して握手を求める。争い事を好まない質《たち》である彼は今回もいつもどおり、藤川に向かい右手を差し出し、和解を申し出たのだった。

「今後ともよろしく頼むよ、藤川君。確か俺のほうは自己紹介もまだだったな。廣瀬だ。廣瀬京。監察医を担当するようになって三年目だ」

「…………藤川です。よろしくお願いします」

藤川は複雑そうな表情をしつつも、京の手を取り、ぎゅっと握り返してきた。

「君、何か武道やってるの？」

どう見ても自分のほうが年上だと思ったのと、京はもともとフランクな性格をしており、捜査一課の若手とはこうした調子で話していたための口調だったのだが、藤川は『馴れ馴れしい』とでも思ったようで、敢えて敬語で接してきた。

「柔道、剣道、合気道、それに古武道を少々やっています」

「凄いね。道理で隙《すき》がない」

挑むような目を向けられ、『握手』としてではなく力の強さを示すために尚も強く手を握ってきた彼に対し、生意気だ、といったマイナス感情を京が抱くことはなかった。

逆に、面白い、と好印象を抱いたせいもあり、言わずにすませようとしていたことを敢えてここで京は藤川に告げることにした。

「ところで藤川君、君、もしや最初の挨拶でかなり生意気なことを言ったんじゃないか？　捜査一課の面々をむっとさせるような」

そう告げた途端、藤川の表情がさっと変わった。今までも充分、好意的とはいえない仏頂面ではあったが、今やはっきりと攻撃性を前面に出し、京を睨み付けている。

「だからこそ、誰にも止められなかったんじゃないのかな？　ここに来ることを」

睨まれることは想定内だったため、笑顔のまま京はそう続け、未だ握られていた藤川の手をぎゅっと握り返したのだが、藤川はそんな京の手を乱暴に振り払うと一言、

「余計なお世話だ！」

と言い捨て、物凄い勢いで部屋を出ていってしまった。

バタン、とドアが大きな音を立てて閉まるまで、京をはじめとする室内にいた助手たちは、藤川の姿を目で追っていた。

「なんなんですか、あれ」

最初に声を上げたのは、廣瀬の最古参の助手、榊原徳子《さかきばらのりこ》だった。三十八歳のベテランでなかなかの美人ではあるのだが、廣瀬同様、外見にはあまりかまわず、白衣の下はスウェットであることが多いバツイチ子持ちである。

「確かに『美人』でしたけどね……」

溜め息交じりにそう告げたのは、今年廣瀬の研究室に入ってきた新人、青木和馬《あおきかずま》だった。生身の人間を相手にすることができないからと法医学教室を志望したという。最初に解剖に立ち会った際には気絶をしてしまったほど気の弱い彼は、実は大病院の跡取り息子なのだが、見た目からは一切、そうしたセレブ感を見出せない、地味な若者である。

「ね？　『美人』ですよね。男でも『美人』って言いたくなる僕の気持ち、わかったでしょう？」

皆に向かって明るく声をかけたのは後藤だった。身長は京と同じくらい、外見もよく芸能事務所からスカウトを受けるという本人曰《いわ》く『イケてる』ものではあるのだが、白衣の下は『チャラい』としかいいようのない服装を常にしている、今一つ信用性に欠ける二十七歳の助手である。

「それよりお前、寄り道しただろう」

すぐに戻ってこいと言ったはずだが、と、京が今回もその『信用性に欠ける』部分をきっちり突っ込むべく、後藤を睨む。

「すみません、ちょっとこの間合コンした婦警さんたちに捕まっちゃって。これから休憩に入るっていう彼女たちのお茶に付き合わされました」

悪びれることなくそう告げ、ぺこりと頭を下げた後藤の、その頭を京は軽く叩くと、

「合コンもたいがいにしとけよ」

と彼を睨み、今度は顔を上げた彼の額《ひたい》をペシ、と叩いた。

「すみません」

「なるほど。そのタイムラグの間にあの美人刑事さんは捜査会議に出て、解剖所見に疑問を覚えたってことね」

榊原が皮肉めいた口調でそう言い、ちら、と後藤を見る。

「ほんの十五分……いや、二十分……ええと、三十分は経ってなかったと思うんですよ」

自分でも悪いことをしたという自覚があるためか、後藤は言い訳がましい言葉を続けていたが、最後には、

「すみません」

と再び京に向かい頭を下げた。

「今度から青木君に行ってもらうといいんじゃないですか？」

容赦なく榊原が追い打ちをかけ、

「のりこおねえさま、許してください」

と後藤が今度は彼女に頭を下げる。

「……あの……」

と、ここで青木が遠慮深く声を上げたのに、皆の注目が彼に集まった。

「なんだい？」

青木が自ら発信してくることはあまりないため、珍しいなと思いつつも京は彼に笑顔を向けた。

「あの、先生はどうして藤川刑事が、捜査一課で生意気なことを言ったと思ったんです？　ここでの態度が悪かったからですか？」

「まあ、それもあるけれど……」

そんなことが気になるとは、もしや青木は藤川に対して興味を抱いたのだろうか。そう考えながら説明をしようとした京の横から、後藤が、

「それは先生の口からは言いづらいよ」

と口を挟んでくる。

「え？」

わけがわからない、という表情となった青木に対して身を乗り出し、後藤は京に止められるまで滔々と話し続けた。

「捜査一課の面々は、京さんの……廣瀬先生の鑑定に絶大なる信頼を置いている。もしあの美

人さんが謙虚な態度を取っていたら、それを教えてやっていただろう。また、先生の鑑定以外に、被害者が自殺と思われる背景もあっただろうに、それを教えることもなかった。その背景とは、そうだな、たとえば、奥さんが浮気していたことが被害者にわかっていたため、殺人の罪を奥さんになすりつけ、遺産を一銭も受け取れないようにしたかった、とかね。いくら遺言状を書いたところで、遺留分は確保されちゃうから」

「レージ、お前こそ、刑事になったほうがいいんじゃないか」

その推理力、と京は後藤の頭をまた、ぽん、と叩き、彼の口を閉じさせた。

「確かに、自分で『鑑定が絶大な信頼を得ています』は言いにくいわよね」

後藤を黙らせると今度は榊原がそう揶揄《やゆ》してきて、京はやれやれ、と肩を竦める。

雰囲気がいいだけでなく、三人の助手、それぞれが優秀であるため、彼らに対する不満はないのだが、『いい雰囲気』が『なあなあ』になるのもまた困る、と、言いつけに従わずに三十分以上もの『私用』を誤魔化そうとした後藤の頭を、京はまた、ぽん、と叩く。

「痛」

「雑談はこのくらいにして、仕事に戻るぞ」

「はい。すみません」

勘のいい後藤は京の考えていることがわかったらしく、いつも以上にきびきびとした口調で答えると、自分の席へと戻っていった。

またも、やれやれ、と溜め息を漏らしかけた京の脳裏に、激怒したままこの部屋を出ていった藤川の顔が蘇《よみがえ》る。

確かに『美人』ではあった。後藤の表現は正しい。あれだけの美人を見たことは今まで一度もなかった、と京は改めて藤川の美貌を思い起こす。

しかも彼は武道の達人であるという。加えて所轄から本庁への異動となると、刑事としての能力も高いのだろう。

張り切っているのかもしれないが、肩肘《かたひじ》張りすぎだろう。もう少し肩の力を抜いて他人と接すればまた、もっと生きやすくなるのでは、と、入室したときから退室するときまで怒りまくっていた彼の姿を思い出していた京は、まあ余計なお世話か、と一人苦笑した。

この先、彼と顔を合わせる機会は多くなるだろうが、できれば衝突は避けたいものだ、とまたも肩を竦めた京の頭に『レイラ』という特徴的な名前と藤川の美貌は、実は彼が意識している以上の深さで刻まれていたのだった。

2

むかつく。本当に腹立たしい。

T大学の廊下を怒りのままに早足で歩き続けていた藤川レイラは、正面からやってきた見覚えのある若い男の姿に気づき、足を止めた。

「ああ、藤川さん、どこに行ってたんです？　捜しましたよ」

警察官というより『エリートサラリーマン』に見える、縁無し眼鏡にブランドスーツを着こなす彼の名は確か、とその名を思い出そうとした藤川だったが、続いて彼が口にした言葉を聞いてはその気力もなくなった。

「わかりましたよ。廣瀬准教授の法医学教室の場所。ご案内します」

「もう行ってきた！」

まさか今までの時間、ずっと探していたというのか。使えないにもほどがあるだろう。呆れるより怒りのほうが先に立ち、藤川はそう言い捨てると前に立ち塞《ふさ》がる彼を押し退けるようにし、足を進めた。

「え？　行ってきたって？　廣瀬先生から話、もう聞いたってことですか？」

いちいち確認しなくてもわかるだろうが、というようなことを問いながら、男が藤川を追いかけてくる。

思い出した。確か『城《じょう》』という名だ。随分《ずいぶん》と昔、同じ名前のサッカー選手がいたんだった、と、どうでもいいことまで思い出してしまう自分に尚も苛《いら》立《だ》ちを感じていた藤川は、彼もまた自殺と思っていたのだろうかとふと思い、必死で追いつこうとしている城を肩越しに振り返った。

「なんです？」

城はずっと自分を目で追っていたようで、振り返った途端に視線が合ったのだが、途端に彼の顔が真っ赤に染まっていく様《さま》に、藤川の苛立ちが煽られる。

新しい環境で出会った人間は十中八九、どころか、十割がこの反応となる。赤面するだけならまだしも、言い寄られたり迫られたり、それらを一気に飛び越して襲いかかられたりするのだが、そんな危険を回避するためにと藤川は両親により、幼い頃から武道を体得させられてきた。

おかげで、そのような目に遭いそうになったときには自衛できるようになったのだが、だからといって鬱陶しさが消えたわけではない。目が合うだけで赤面されるような状況はもう、うんざりだ、というのが藤川の偽らざる胸の内だった。

顔が綺麗だ、という自覚は、今まで数限りなく賞賛されてきたため、当然あった。だが藤川にしてみれば『それが何か？』という思いしかなかった。顔、いわゆる外見に人の本質はない。これが美術品であれば、姿形が美しいことが価値に繋《つな》がるだろうし、また、モデルや俳優のように容姿の美しさが求められている職業に就いているのであれば、それを取り沙汰されることに嫌悪感を抱きはしなかっただろう。

しかし、自分が選んだ職業はそうした容姿にかかわるものではない。刑事だ。なのに相対する人間の大多数が容姿にしか興味を抱いてくれない。

不条理だと思うが、それを口に出せばいらぬ軋轢《あつれき》を生むことを、今までの人生で藤川は嫌というほど学んできた。

そう、学んできたはずなのに、よりにもよって今日、念願かなって本庁の捜査一課に配属された日にやらかしてしまうとは、と頭を抱えそうになっていた藤川の耳に、城の遠慮深い声が響く。

「あの……藤川さん？」

「ああ、悪い。もう廣瀬先生には聞いてきた。俺のほうがわかっていなかったんだな。解剖所見に誤りはなかった。他殺に見せかけた自殺――ということには、君も気づいてたのか？」

呼びかけてきた城は相変わらず赤い顔をしていて、更に苛立ちを覚えたものの、赤い顔が気に入らないとも言えないと心の中で舌打ちをしつつ、先ほどしようとした問いを彼へと投げかけた。

「ええと……」

言いよどむ姿を見て、やはりそうだったのか、とますます苛立つも、彼に対しては怒るべきではなく謝るべきだ、と考え直し足を止める。

「悪かった。君には無駄足を踏ませてしまった。これから俺も皆と合流する。妻の周辺を洗えばいいかな」

頭を下げながらそう告げ、顔を上げた藤川の目に飛び込んできたのは、ぽかんとした城の顔だった。

「………ともかく、戻ろう」

聞いた相手が悪かった。心の中で溜め息をつきつつも、できるだけ表情に出さないよう心がけていたのは、これ以上、人間関係での悩みを増やしたくなかったためだった。

ここに来るまでの車中、聞きもしなかったのに本人が延々と続けてくれた自己紹介によれば確か、彼は国内最難関といわれるこのT大を卒業しており、キャリアとしての採用にトライするもかなわず、ノンキャリの大卒として警視庁に入った新人とのことだった。

父親は大学教授、母親はデザイナー、そして本人はT大卒、という華やかな家庭環境と自身の学歴を誇らしく思っている様子だったが、もしやそれはキャリアになれなかった劣等感の裏返しかもしれないと気づいたために、そこを弄《いじ》るのはやめにし、黙って話を聞いてやったのだった。

「……謝っていただくことはないんですが、その……僕も自殺と思いました」

踵《きびす》を返し、歩きだそうとした藤川の耳に、おずおずとした城の声が届く。

「判断の基準は？」

自殺とするだけの根拠があるのだろうと思い、問うた藤川は、城から返ってきた答えに愕然《がくぜん》としたせいで、またも足を止めてしまった。

「廣瀬先生の解剖所見に『自殺』とありましたので。先生は決して間違えないんです」

「……ドラマの台詞《せりふ》かよ」

つくつもりはなかった悪態が口をついて出たのは、城が『自殺だと思った』理由を、自分で考えた結果ではなく、監察医がそう言ったからだと堂々と言い切ったことを、信じがたく思ったためだった。

主体性がないにもほどがあると呆れると同時に藤川は、彼があの監察医に全幅の信頼を寄せているのはどういった背景があるのかと考えた。

新人の彼が信頼するとは即《すなわ》ち、捜査一課の皆の評価が『信頼に値する』ということだろう。

『決して間違えない』実績もあるに違いない。

あの男がか？　——藤川は、今会ってきたばかりの監察医、廣瀬の顔を思い出そうとした。

素材はいいのだろうが、外見はだらしなかった。藤川はもともと、無精髭を好まない。髭は剃《そ》るなら剃る、残すなら残す。国民の公僕たるもの、きちんとした外見を保つべきなのではないか、というのが藤川の持論だったのだが、廣瀬は『国民の公僕』では——警察官ではなかったことに今更気づいた。

に、してもだ。

警察官ではなくとも、殺人事件の捜査にかかわる仕事をしている。その上彼は大学の准教授ではなかったか。学生に対してもだらしのない姿では示しがつかないだろう。

どう考えても『余計なお世話』としか思われないであろう思考からなかなか逃れられずにいた藤川だったが、城に、

「藤川さん？」

とまたも名を呼ばれ、はっと我に返った。

「ああ、悪い。行こう」

彼との会話は途中ではあったが、既に続ける気力が失せていた藤川はそう言うと、先に立って歩きだした。城が慌てて隣に並び歩き始める。

「君も現場周辺の聞き込みはしたのか？」

歩きながら藤川は、今回の事件について少しでも情報を得たいとの思いから、城にそう問いかけた。

「はい」

頷く城に問いを重ねる。

「どんなことがわかった？」

要は聞き込みの内容を知りたいという意図で発した問いであったのに、城の答えは藤川を苛つかせるだけで終わるものだった。

「特にこれといったことは……。第一発見者の家政婦さんから遺体発見時のことを聞こうとしたんですけど、泣いてばかりで全然話ができなかったんですよね。落ち着いてからにしようということになったんですが、そのときには僕はもう他に担当が振られていたので結局聞けず終《じま》いでした。そういうおいしいところはおしなべて上の人が持っていっちゃうんですよ、うちのライン。手柄を若手には渡したくないというか……年功序列って、悪しき慣習ですよね」

「………」

問題になるのは年功序列ではなく、大切な仕事を任せてもらえない自身への評価だということに、この新人は気づいていないのか、と藤川は天を仰ぎそうになった。

頭でっかちといおうかなんといおうか。最近の若者の傾向なのだろうか。もといた立川署に今年配属になった新人も、典型的な『教えてもらって当然』というスタンスで、ふざけるな、とその新人を厳しく叱《しか》りつけた藤川に対し、上司は正しい指導だったと褒めることはせずに、若者は繊細ゆえ気を遣え、というまさかの叱責《しっせき》を与えてきた。

今はそういう時代なのかもしれないが、『時代』ですませていたら若手は育成できないだろう。そう主張したが、上司はただ『波風を立てるな』の一点張りで、最高に苛ついていたところに運よく、警視庁への異動を命じられたのだった。

どうやら立川署に配属された新人は、地元有力者の息子だったらしい。とはいえ正論を言っているのは自分のほうだったために、上司が気を遣い、本庁にねじ込んでくれたのではないかと、藤川は密かに思っていた。

「それで近所の聞き込みをしたんですけど、被害者はなんていうか、頑固ジジイって感じで評判は今一つでした。しかし後妻さんのほうがより、評判悪かったです。金遣いも男遊びも派手だって。言い方悪いとは思いますが、誰に聞いても評判悪いんでなんだか感動しちゃいましたよ。ここまでブレない人っているんだなと」

「……奥さんは後妻なんだな。若いのか？」

お前の感想などまったく興味ないから。配属初日でなければそう言ってやるところだが、と内心吐き捨てながらも藤川はできるだけそんな感情が面《おもて》に表れないよう気をつけつつ、問いを発した。

「えっと。はい。若いです。もと看護師だそうで。被害者の奥田《おくだ》さんが一昨年、骨折で入院したときの担当ナースで、『ナイチンゲール』ばりの献身的な看護に奥田さんがコロッといっちゃった、と。すぐ化けの皮が剥《は》がれたそうですけど」

これもご近所さんが皆、口を揃《そろ》えて言っていた、と続ける城を前に藤川は、自殺説を皆が支持したのもわかる気がする、と考えを改め始めていた。

「夫婦仲は悪かったのか？」

「悪いということはなかったみたいです。いいという話も聞きませんでしたが、奥田さんはここ半年余り、体調不良で家からまったく出ていなかったそうで、派手な格好をした奥さんが頻《ひん》繁《ぱん》に外出している姿が評判にはなっていました。とはいえ、家庭内のことは外から見ているだけではわからないですしね」

一人納得したように頷いている城に、わからないですませるな、どうしたら『わかる』ようになるかを考えなくてどうする、と心の中でまた、藤川は悪態をついた。

「家政婦なら夫婦仲について知っていたんじゃないか？　あとは被害者の友人とか」

家政婦は先ほど、年長者に横取りされたと言っていたので聞けていないのは明白だ。が、友人ならもしや、と思った藤川の期待はいい意味でも悪い意味でも裏切られた。

「被害者には友人といえるような人がいないみたいなんですよね。唯一、弁護士には色々相談していたという話も出ているんですが、弁護士は守秘義務を理由に話そうとしませんし。で、家政婦に三ツ矢《みつや》さんが聞いたところ、家政婦の見た感じでは表面上は上手《うま》くいっているようだったそうです。奥さんは献身的に看護をしていたし、奥田さんはそんな奥さんを気遣っていたって。お腹の中では何を考えているかわからないけれど、とは、家政婦さんも言っていたそうですけど、夫婦仲が悪かった根拠はないということだったそうですよ」

「そう……か」

被害者に友人がいなかったことに落胆し、家政婦から先輩刑事が聞き込みをした内容を共有していたことには感心した。しかし得られた情報量は少ない。

他に夫婦仲について聞けそうな相手は誰かいないのか。やはり弁護士に協力を仰ぐしかないか、と考えていた藤川の耳に、呑気《のんき》としかいいようのない城の声が響いてきた。

「でも家政婦さんも、あの解剖所見を見せたら観念するんじゃないですかね。自殺ではない根拠がナイフに指紋が残っていなかったことと、ダイニングの椅子が片付けられていたことで、それができたのは第一発見者の彼女しかいないんですもんね。実に論理的だし、逃げ道は完全に塞いじゃってるし。ほんと、さすがですよ、廣瀬先生。今までもどれだけ先生の鑑定に助けられてきたことか」

「……刑事の捜査はいらないな、それじゃ」

藤川としては嫌みで言ったつもりだったのだが、城の受け止め方は違った。

「まさにそんな感じです。とはいえちゃんと捜査はしますけどね。今回はもう、結果ありきで裏付け捜査って位置づけでもいいんじゃないかと、個人的には思っちゃいますね」

「…………」

刑事としてそれでいいのか、と呆れると同時に藤川は、そうも信頼性の高い監察医への興味が俄然《がぜん》高まってくるのを抑えることができないでいた。

しかし。

『ところで藤川君、君、もしや最初の挨拶でかなり生意気なことを言ったんじゃないか？　捜査一課の面々をむっとさせるような』

　あの発言はやはり、許せない。余計なお世話だ。誰もそんな分析、求めちゃいないと舌打ちをした、それを聞きつけたらしい城がまたもおずおずと声をかけてきた。

「僕、何か変なこと言いましたかね」

「いや、別に」

『変なこと』は言いっ放しだ。とはいえ捜査一課配属という意味では先輩にあたるので、明言は避けた藤川だったが、やはり腹の虫は治まらず、更に嫌みなことを言ってしまった。

「今回も監察医の手柄になりそうだな」

「それが廣瀬先生って、どれだけ手柄をあげようが、全部捜査一課に花を持たせてくださるんですよね。欲がないっていうか。そういうところもリスペクトしています」

　またも嫌みは城には通じず、明るい口調で返されたため、藤川は思わず、

「リスペクト……ね」

　と呟《つぶや》いてしまったのだが、やれやれ、という思いがつい、声に出てしまったことに、幸い城は気づかなかったようだった。

「はい。本気でリスペクトしています。監察医の仕事の範疇《はんちゅう》を超えているところが本当に凄いと思います。それだけ凄いことをしているのに少しの気負いもなくて、フランクで。先生の

助手とは時々飲むんですが、彼も心酔してて、ウチの先生は凄いとよく自慢されてますよ」

「………」

目を輝かせ、賞賛の言葉を続ける城の発言を聞いているうちに、藤川はなんとも面白くない気持ちになってきてしまった。

「それは凄いな。ところで事件についてなんだが」

話は終わりだ、と切り上げ、話題を事件に戻そうとする。

「あ、はい。ええと、どこまで話しましたっけ」

城が、はっとした顔になったあと、記憶を辿《たど》るように上を向く。

彼がキャリアにならなくてよかった、と心の中で悪態をついた藤川の頭にはなぜかそのとき、無精髭の浮く廣瀬の笑顔が――唇の間から覗《のぞ》く眩《まぶ》しいほどの白い歯が浮かんでいた。


警視庁に戻ると藤川は、直属の上司である林《はやし》係長の前に進み、

「生意気を言い、申し訳ありませんでした」

と深く頭を下げた。

「生意気くらいがちょうどいい。最近の若者は覇気がないからな」

林は見た目『ショボいオヤジ』でしかないのだが、近くで顔を合わせると眼光の鋭さにはっとさせられる、そんな四十代後半の男だった。

立川署の署長と昵懇《じっこん》とのことで、異動の発令を告げてくれたあとに署長は、

「林なら、お前と馬も合うだろう」

と藤川の肩を叩いてくれ、それで期待が高まっていたところに、部下たちに紹介してくれる際、

『美人だが相当気が強い』

と言われたことで、頭に血が上ってしまったのだった。

「こっちも悪かった。戸田《とだ》からちゃんと聞いていたんだけどな。実物見たら、その……ああ、いや、また怒らせるな」

林は途中まで言いかけたものの、すぐに言葉を濁すと、藤川の腕のあたりを叩いてきた。

「まあ、俺らが何を言うより、直接廣瀬先生から聞いたほうが納得もするだろうと思ったしな。実際、納得できただろう？」

「……はい」

頷いた藤川に向かい、林は、よし、と笑うと、また、ぽん、と藤川の上腕を叩いた。

「家政婦を呼んで、話を聞いている。解剖の結果を説明したら、即座に白状したよ。被害者に頼まれて椅子を片付け、手袋を外したと。生前、被害者に大金を積まれて頼まれたが、偽証罪

になるとわかると、すぐ掌《てのひら》を返したよ」

「……ということは……」

まさに、廣瀬の見立てどおりだということか、と、藤川は感心したあまり、林に向かい、

「いつもこうなんですか？」

と問いかけてしまった。

「こう？　ああ、廣瀬先生か？」

藤川の問いは言葉が足りなかったにもかかわらず、林はすぐさま察してくれた上で答えを与えてもくれた。

「彼の鑑定は信用できる。ミスがないというのは勿論のこと、何より着眼がいいんだ。捜査に必要な材料はすべて揃えてくれている。しかも先生は決して出しゃばらない。今日も助手に解剖所見を届けさせただろう？　捜査に大きな影響を与えると先生が判断したときには、自分では来ないことにしているらしい」

「……自分が説明すると、捜査方針が決まってしまうから、ということですか？」

凄い自信だ。呆れながらも藤川は思わず笑ってしまっていた。

「なんだ、何が可笑しい？」

林が不審げな声を上げたことで、自分が笑っていることに気づいた藤川は、慌てて笑いを引っ込め、頭を下げた。

「すみません、廣瀬先生はさすがだなと思っただけで」

「助かってるよ。ああ、家政婦の取り調べは第二取調室で行われている。聞きたければ控え室に行くといい。それから今夜、歓迎会を開催するよ。苦手なモノはあるか？」

「いえ、何も。お気遣いありがとうございます」

歓迎会など、してもらえるとは思っていなかった。第一印象からして、外してしまったと思っていた。それでも一応、『歓迎』はしてもらえるのか。ありがたいことだ、と礼を述べた藤川に、林が苦笑しつつ言葉を足す。

「お前ももう少し、肩の力を抜くといい。優秀なのはわかっているんだ。そうじゃなければ異動はなかった」

「……はい」

奥歯にものが挟まったような言いようだな、と首を傾げたのがわかったのか、林は言いにくそうにしつつも、藤川に自分の置かれた状況がどのようなものであるかがわかる言葉を語ったのだった。

「所轄からの異動は珍しい上に、お前は見た目が……その、特徴的だから、面白がってあれこれ言う奴が出てくるかもしれない。だが何を言われようが要は結果だ。結果を残せば誰も何も言わなくなるだろうよ」

「はい。頑張ります」

物心ついたときから藤川は、自分が周囲とは少々『違う』扱いを受けることに嫌でも気づかされていた。

『絶世の美貌』と評されることが多いのだが、藤川にそこまでの自覚はない。自分の顔であるので当然自身や、それに家族は見慣れているが、初対面の人間には大抵絶句されたり、穴の空くほど見つめられたりするので、そうなのか、と思う程度である。

自分の顔は好きでも嫌いでもなかったが、子供の頃に、先生から少しでも褒められるようなことがあると『顔がいいからだ』『顔で贔屓《ひいき》されている』と陰口を叩かれるのは、理不尽だと感じていた。

だが、自分の顔は変えられないのだから、と、藤川はそこでくさることなく、褒められるに相応しい成績・態度を心がけるようになった。要は実力をつければ誰も文句は言うまいと思ったのである。

運動能力はもともと高かったのに加え、幼い頃から武道を習っていたため、腕力で藤川にかなう者はおらず、数ヶ月でそうした陰口は聞こえなくなったものだが、学生のときには通用したその心がけが、社会に出てからはどうやらあまり通じないようだということに、藤川は気づきつつあった。

大人の嫉妬《しっと》のほうが根深いのかもしれない。今回の本庁への異動に対しても、直接藤川を知らない人の中には『顔を使った』『色仕掛けだ』と、そのようなことで実現する可能性は低いと本人たちもわかっているだろうに、下世話な陰口を多く叩かれた。

そうした、なんの根拠もない陰口に対しては、藤川は多少不快にはなるものの、そのまま流すことができていた。具体的な相手の名が出されたり、自分の行った捜査に対し事実と異なる評判を立てられたときには猛然と抗議をし、相手にはきっちり間違いを認めさせた。

先ほどの林の口ぶりからすると、前評判は予想どおり悪いらしい。あれこれ言われてもいる上に、最初から生意気な態度を取ってしまった。これから挽回していくのは大変だろうが、身から出た錆《さび》、やるしかない。

常に前向き、かつ切り替えの早い性格をしている藤川は、よし、と一人頷くと、家政婦の取り調べの様子を見ることができる控え室へと向かったのだが、真っ直ぐに前を見つめる彼の瞳は擦《す》れ違う人間が思わず足を止め、見入ってしまいそうになるほどキラキラとそれは美しく輝いていたのだった。

3

「さっき、夕方のニュースでやってましたよ。やっぱり自殺で決まりでしたね。さすが京さん。今回も大金星ですね」

間もなく本日の仕事を終え、研究室を閉めようかという時間、後藤が京に声をかけるのを聞きつけた榊原が早速突っ込みを入れた。

「嶺路君、『大金星』の意味、知らないでしょ」

「え？　大活躍とか、そういうニュアンスじゃないんですか？」

後藤がきょとんとして問い返すのに、榊原がやれやれ、というように天を仰ぐ。

「あきらかな格上の相手に勝ったときに使うようですよ」

後藤に正解を教えたのは青木だった。

「あ、そうなんだ。よく知ってるね」

感心する後藤に榊原が、

「知ってて普通なんだけど」

と更に突っ込みを入れたが、後藤は少しも悪びれず、

「自分、帰国子女だからなー」

と頭を掻《か》いていた。

「日本に戻ってからまだ二十年ちょっとだし」

これは後藤の持ちネタで、彼は五歳まで父親の転勤によりアメリカで育ったが、物心ついてからはずっと日本で生活しているにもかかわらず、慣用句やことわざ、それに四字熟語などに弱いところがある。

本人曰く、文系の教科はすべて苦手とのことで、よく榊原にこうして突っ込まれると、生まれて数年しか海外にいなかったというのに『帰国子女』を理由にする。いわばお約束のような展開を苦笑しつつ眺めていた京だったが、研究室のドアがノックされたことに気づき、

「はい」

と声を上げた。

「失礼します」

礼儀正しく声をかけてからドアを開いたのは意外な人物で、京は驚いたせいで思わず目を見開いてしまった。

「あ！」

同じく驚いたらしい後藤が、ガタン、と音を立てて立ち上がり、大きすぎる声で叫ぶ。

「『愛しのレイラ』！」

それを聞き、一瞬、むっとした表情になったものの、すぐに冷静さを取り戻したらしく、京を真っ直ぐに見つめ口を開いたのは、昨日、京のもとに怒鳴り込んできた捜査一課の刑事、藤川レイラだった。

「遅い時間にすみません。今、よろしいでしょうか」

「ああ、勿論。おい、レージ、いい加減にしろ。失礼だろ」

無礼な言動をとった助手のかわりに詫《わ》びたあと、その助手に注意を促した京に対し、藤川が首を横に振る。

「いや、気にしないでください。こちらこそ、昨日は大変失礼しました。おかげで捜査も混乱せずにすみ、冤罪《えんざい》も生まずにすみました。ありがとうございました」

深く頭を下げる藤川は、どうやら昨日この部屋を捨て台詞を残し飛び出したことを気にしているようだと察した京は、その必要はないと告げようとし、逆効果かと思い直した。京は外見をそう気にしないためにがさつな性格だと思われがちであるが、おおらかではあるものの一方では細やかな心遣いのできる男なのである。

「ご丁寧にどうも。しかし我々は自分たちの仕事をしたまでですから」

礼には及ばない、と続けようとした京の言葉に被せるように、藤川が声を発する。

「それはまあ、そうなんですけど、それでは自分の気がすまないといいますか」

「真面目……」

ここで空気の読めないことにかけては右に出る者はいないと自称他称する後藤がぼそりと呟いた。彼の声はよく通るため、当然ながら藤川の耳にも届いたようで、あからさまなほどむっとした顔になり、じろ、と後藤を睨む。

「真面目じゃない警察官はいないよ」

まったく、と京は内心溜め息をつきつつ立ち上がり、後藤の頭を叩くと、

「いて」

とまたも通る声を上げた彼の後頭部を再び叩いて頭を下げさせた。

「教育がなっていなくて申し訳ない。彼は帰国子女だそうでね」

嘘《うそ》も方便——というより、帰国子女は『嘘』ではないし、と告げた京の前で、藤川が納得した顔になる。

「帰国子女……そうでしたか」

それならわかる、と、というように藤川が小さく微笑《ほほえ》む。むっとした顔も美しいが、笑顔のほうが彼には似合うな、と、京は我知らぬうちに微笑んでしまっていたらしい。

「何が可笑しいんです？」

途端に不機嫌な顔となった藤川にきつい語調で問われ、慌てて可笑しかったのではない、と弁明をすることにした。『帰国子女』の後藤と一緒にされてはたまらないと思ったためである。

「藤川さんのことを笑ったわけじゃないんです。事件が無事に解決したことが喜ばしかっただ

ですか?」

けで。スピード解決、おめでとう。林さんのところでも今日あたり、祝杯を挙げるんじゃない

言いながら京は、なぜ自分がそうもムキになっているのかと、ふと疑問を覚えた。

藤川の機嫌をとる必要はないはずなのに、なぜか彼には誤解されたくないと思っている。もう一歩進んで、また笑った顔が見たい、と思っているのではないか、という声が己の中で響いていたが、さすがにそれはない、と内なるその声は退けた。

「祝杯は昨日挙げました。私の歓迎会を兼ねて」

藤川が相変わらず、不機嫌な表情のままそう告げた直後、またも空気の読めない後藤が明るい声を上げた。

「祝杯!　いいですね!　京さん、ウチでもこれから挙げましょうよ」

「え?」

いきなり何を言いだしたのだ、と呆れたあまり後藤へと視線をやったときには、藤川が皆に向かい頭を下げていた。

「それでは私はこれで」

「あ、レイラさ……じゃないや、藤川刑事!」

と、ここで、空気が読めないがゆえに、予想外の行動に出るパターンが多い後藤が、今日もまた京の予想もしないことを言いだし、その場にいた皆を唖然とさせた。

「藤川刑事もご一緒にどうです？　歓迎会、ウチでもやらせてくださいよ！」

わざわざ『レイラ』から『藤川刑事』と呼び直したのは、昨日藤川が、自身の名前について、呼ばれるのも話題を引っ張られるのも好きじゃないと告げた、それを奇跡的に覚えていたためだと思われる。後藤にしては感心なことだ、と頷いていた京だったが、ふと、彼の案に乗るのも面白いかもしれないな、という気になった。

「いや、それは別に……」

結構です、と今にも断ろうとしている藤川の言葉に今度は京が被せるようにし、彼を誘う。

「もし、仕事を終えてからここに来ているというのなら、我々とも是非祝杯を挙げていってもらいたいな。こちらとしても昨日からウチの助手が失礼なことばかりしているし、詫びも兼ねる形で。どうかな？」

馴れ馴れしいとは言われないギリギリのフランクな口調で、京は藤川を誘ってみた。乗るかどうかはよくて半々かなと思いつつ、更に誘いの言葉を続けようとした京の横から、またも後藤が予想外の動きを見せ、一気に状況を変えてくれたのだった。

「行きましょう！　あ、そうだ！　城君も呼びましょう！　ちょっと今、電話しますんで。店、どうします？　苦手食材、ありますか？　好きな料理は？　イタリアンとか？　あ、エスニックとかがいいですかね。意外にオヤジ仕様の居酒屋とか？　なんでも対応可能です！　ちょっと待ってくださいね。まずは城君に電話しますんで！」

「いや、君、ちょっと……っ」

既に自分が『行く』扱いされていることに、藤川は戸惑いまくっていたが、さすが自称『帰国子女』の後藤は、強引に事を進めていった。

「あ、城君？　俺俺。今、藤川さん、こっちにいるんだけどさ、藤川さんの歓迎会と事件解決のお祝い、やることになったんだ」

「おい！」

今までは遠慮もあったが、さすがにもう黙っていられなくなったようで、藤川は語気荒く後藤に声をかけたのだが、後藤はまったく聞いていなかった。

「昨日、なんだった？　え？　居酒屋？　わかった。なら今日は洋食系で。イタリアンにするかな。あ、そうだ。この間、お洒落なスペインの、なんていうんだっけ？　ああ、バル、見つけたんだ。そこにしようかな。え？　あ、そう。そこそこ。あれ？　城も一緒だったたっけ？　あ、そうか。交通課のかわいこちゃんとの合コンか、あの店、いいよな？　うん、そこにしよう。現地集合な。それじゃ！」

そうして電話を切ると後藤は、満面の笑顔で藤川に話しかけた。

「決まりました！　銀座《ぎんざ》のスペインバル！　コスパもいいし、しかも味もいいんですよ。城君のお墨付きです！　現地集合にしましたんで、行きましょう！」

「………君、後藤君、だっけ」

今や藤川は、怒りを通り越し、呆れ果てている様子だった。これは押せば来るな、と判断した京は、その『押し』を発揮するべく口を開いた。

「城君も来るようですし、さあ、行きましょう。事件についての話もしたいし。詳しく、教えてください。鑑定の結果を聞く機会は滅多にないので。お願いしますよ」

「……あ、はい……」

幸い、それが藤川の背を押したらしい。渋々ながらも頷いた彼を見て、よかった、と安堵《あんど》したのは京ばかりだったらしく、

「さあ、行きましょう。みんな、パソコンの電源、落としました？　京さんも。店、とれましたんで。行きますよ！」

後藤は謎の仕切りを見せたかと思うと、早く早く、と京たちを急かしてくる。まったく、と京もまた呆れながらも、彼の空気を読めない性格が結局、藤川に誘いを承諾させることに役立った、と認めざるを得ず、思わず苦笑してしまった。

『急に言われても家庭持ちは無理』と榊原は残念そうにしつつも離脱したが、京の研究室からは後藤と青木が、警視庁側は主役となる藤川と後輩かつ後藤の友人らしい城の合計五名で銀座のスペインバルに集まり、藤川の歓迎会が始まった。

「連日、藤川さんの歓迎会ができて嬉しいですよ」

嬉しげにそう告げた城の顔は当然、京も知っていた。やる気があるのだかないのだかわから

ない、プライドだけは高そうな若者だという認識しかなく、後藤がそうも親しくしていることにも気づいていなかった。

まさかの合コン仲間だったとは、と京が改めて見やった先では、見るからに高そうなスーツを身に纏《まと》い、顔を合わせたときには常に鼻持ちならない態度で接してきた警視庁の若手刑事、城が笑顔で藤川に声をかけていた。

「……後藤さんと親しかったんですね。一緒に合コンするくらい」

藤川が嫌みたっぷりな口調でそう言ったのに対し、城がまったく嫌みに気づくことなく、

「はい。多いときには週一で飲んでます」

と、明るい返しをしているのを見て、類友か、と京は心の中で呟いた。

「……連日になって悪いな」

尚も嫌みを告げた藤川に対し、城は今回もまったく気づくことなく、

「嬉しいですよ」

と、ますます明るく答えている。

「そうそう。藤川さんだったら毎日だって歓迎したいですよね」

後藤も横でそうはしゃいでみせ、彼らの間で意思の疎通が図られる日は当面来ないに違いない、と京は思わず溜め息を漏らした。

「それより、事件の話、ですが」

付き合っていられないと思ったらしい藤川が、自ら話題を提供する。

「聞かせてほしいな、是非とも」

このまま後藤と城に喋らせていたら、藤川は怒って席を立ちかねない。そう思った京は、口を挟もうとする若者二人を制し、話を進めようとした。

「自殺の動機はやはり、財産分与をしたくなかったと、そういうことだったのかな？」

「まさにそのとおりです。被害者は妻の不貞を疑っていた。が、証拠は未だ掴めていない。一方、自分の死期は迫っている。離婚しようにも妻が承諾するとは思えず、それで妻を犯人に仕立てた自殺を思いついたとのことでした」

心持ち眉を顰め、そう告げた藤川の言葉を聞き、京の予想どおり後藤が歓喜の声を上げた。

「やった！　僕の推理、大当たり……って、痛っ」

パコーン、と高い音が響き渡るほど、京が勢いよく頭を叩いてやったせいで、後藤は悲鳴を上げ、京を睨み上げてきた。

「京さん、何するんですか」

「前から言っているだろう。推理するのは警察の仕事だ。我々に『推理』は必要ない。事前にも、事後にも。ただ、事実だけを導き出す。つまびらかに。推理は先入観になりかねない。当然、わかっているだろうが」

いつになく厳しい語調で京が彼を咎《とが》めたのは、刑事たちの前ということもあったが、今日は後藤がことのほかはしゃいでいるので、いい加減にしろ、と窘《たしな》める意味もあった。

「一応、そういうスタンスではあるんですね」

と、藤川がここでそう、声をかけてくる。

「え？」

嫌み、とまではいかないが、物言いたげな口調が気になり、京は彼へと視線を移した。

「ええと、『一応』というのはどういう意味かな？」

自分もまた、意識をしたわけではないのだが、似たような口調になってしまったことに京が気づいたのは、藤川がじろ、と睨んできたときだった。

「…………」

一瞬言葉を選んだあと、藤川が小さく息を吐いてから、真っ直ぐ京を見つめ話しだす。

「てっきり、推理ありきなのかと思っていたんです。あなたの解剖所見は捜査を先導しているような印象を受けたので」

「それは君の印象だろ？　こっちはそのつもりはないよ」

捜査を先導されるのは面白くないというわけか、と藤川の心情をわかりはしたが、自分の発言をあたかも警察官の前のパフォーマンスのようにとられたのにはカチンときたこともあり、京は即座に言い返してしまった。

「監察医の仕事は、遺体の最期の声をできるだけ正確に伝えることだと思っている。自分の主張など挟み込む余地はないよ。第一、推理し、捜査するのは君たち警察の仕事だろう？」

「京さん、どうしたんです？　まさかもう、酔っ払ったとか？」

京の語調がいつになくきつかったせいか、はたまた、こうした展開になった原因を作ったことに責任を感じたのか、後藤が二人の会話に割って入り、場を収めようとしてきた。

「ともかく飲みましょうよ。祝杯じゃないですか。あ、そろそろワインにしましょうか。赤、白、うーん、白がいいかな。すみませーん！」

京らに聞きつつも一人で結論を出し、店の人に向かい手を挙げる。あまりの騒々しさ、あまりの強引さにその場にいた皆はぽかんと口を開け、後藤の様子を見やってしまった。

その間に京は、自分を取り戻すことができていた。何をムキになっているんだか。相手はどう見ても自分より相当若そうだ。若造の挑発など、軽く流せばいいものを、と俯《うつむ》いた京の視界にちらと藤川の綺麗な顔が過《よぎ》る。

彼もまた、バツの悪そうな表情をしているのを見て、あちらも言いすぎたと反省しているのか、と、京は思わず苦笑した。

なんだろう。多分、相性が悪いのだ。そりが合わない、もしくは互いに虫が好かないと思っている。

第一印象だろうか。いや、第一印象は『美人』だったか。そのあと、一方的に鑑定が間違っていると決めつけられ、むっとしたのだった。しかしこちらが指摘したら、素直に非を認めた。

そこで好印象を抱いたはずではなかったか？　それでもまた、こうして険悪な雰囲気になるというのは、きっと、もともとの相性が悪いのだろう。

警視庁の人間とそりが合わないというのは問題かとも思うが、警視庁には彼しかいないわけではない。そもそも彼の上司である林とは上手くやっているのだから、そう気にすることはないだろう。京が一人、心の中で結論を出している間に、後藤が注文したワインがテーブルに運ばれ、皆のグラスが満たされた。

「それじゃ、もう一回、乾杯しましょう。かんぱーい！」

後藤が陽気な声を上げ、一人グラスを掲げてみせる。

実は彼は『空気が読めない』のではなく、読みすぎているのかもしれないな、と内心思いつつ、京もまた「乾杯」と敢えて藤川へとグラスを向けた。

「……乾杯」

不本意そうな顔をしながらも、藤川がグラスをぶつけてくる。

お互い、思いは同じということか。またも京は苦笑しそうになったが、それで相手を不快にさせたくはないとの思いから堪《こら》え、大人しくチン、と合わせたグラスを口へと運んだ。

白ワインは喉《のど》ごしが心地よく、すっきりした辛口は味覚的に京の好みだった。

「美味《うま》いな、これ」

セレクトを褒めると後藤は「任せてください」と胸を張る。

「お店の人のお勧めでしょうに」

ぼそりと青木が突っ込み、それを聞いた城が「お前の手柄じゃないだろ」と後藤に突っ込む。

「いや、僕の手柄だろ？　お店の人を信用する選択をしたのは僕なんだから」

「屁理屈だ」

「屁理屈です」

直後に城と青木、二人が同時に突っ込み、場に笑いが起こった。それをきっかけに雰囲気が和らぎ、会話も弾むようになった。

「藤川さん、出身はどこなんです？」

物怖《ものお》じという概念のない後藤が、藤川に明るく問いかける。

「東京です」

「え？　東京？　僕も東京です。どの辺です？」

「杉並《すぎなみ》ですが、出身といっても東京には二歳までしかいなかったので」

「あ、そうなんだ。もしかして親御さん、転勤族ですか？」

「ええ、まあ」

「あ、そうだ！　出身も知りたかったんですがもっと知りたいことがありました。今、おいくつですか？　二十五くらい？　ビンゴですか？」

「後藤君、なんていうか君……凄いなあ」

ここで城が心底感心した声を上げ、その場にいた皆がいっせいに大きく頷いた。

「え？　凄いって？　何が？」

きょとんとする後藤を見て、また皆が笑う。

「いや、僕なんて未だに藤川さんに話しかけるのに緊張してるのに、まったく緊張感、ないんだもんな」

「緊張してるよ。ドキドキだよ。ほら、掌にこんなに汗かいてるし」

掌を翳して見せた後藤の横に座っていた青木が、呆れた声を上げる。

「嶺路さん、もともと汗っかきじゃないですか」

「あ、青木、お前、先輩に恥、かかせる気？」

言い合いを始めた二人に、このままでは自分が研究室で彼らにどんな教育をしているのか疑問視されかねない、と京は割って入ることにした。

「うちの若いのが悪いな。単にはしゃいでいるだけで、悪気はないんだ」

「いや、別に俺は悪感情は持ってない。ただ、ウチの城とは随分系統が違うな、と驚いていただけで」

頭を下げた京に対し、藤川が笑ってそう告げる。まさに『花が咲いた』という表現がぴったりの華麗な笑みに、京ばかりかその場にいた皆は思わず声を失い、その笑顔に見入ってしまった。

「……え？」

黙り込まれたことを不審に思ったらしい藤川の眉間《みけん》に微かに皺《しわ》が寄る。

「ええと……よかった。不快に思ったのではないかと案じたもので」

顔に見惚れた、というと機嫌が悪くなると予想がついたため、京は内心焦《あせ》りつつも自身もまた笑顔となり、藤川に話しかけた。

「紹介が遅れたが、この調子のいい男が後藤、こっちの若いのが今年入った青木だ」

「藤川です。こちらが城……はもう、俺が紹介するまでもないですね」

苦笑するその顔も美しい。またも見惚れそうになったが、いい加減慣れなければなと自分に言い聞かせ、京は藤川との会話を始めた。

「いや、ウチのレージ……ああ、後藤のことだが、彼と合コン仲間だということは今日、知った。いつの間に、と驚いている」

「そうなんだ。まあ、部下の合コン事情まで把握するのは大変だろうしな」

藤川はそう笑ったあと、あ、と何か気づいた顔になり、少しバツの悪そうな表情をしつつ京に問いかけてきた。

「悪い。勝手に同年代かと思って気安い口を利いてしまった。よく考えたら准教授ですもんね。ええと……おいくつですか？　俺は二十八です」

先ほどの後藤の問いにも答える形となった藤川の言葉を聞き、京は敬語の必要はない、と笑って彼に己の年齢を伝えた。

「俺は三十一だ。同年代だから敬語はいいよ」

「……三歳差は同年代なのかな」

苦笑した藤川が、京に右手を差し出してくる。

「ともあれ、よろしく。これから長い付き合いになりそうだしな」

思うところはあれど、表面上は上手くやっていこう。実際、藤川はそんなことを言ったわけではないが、京は彼の心の声を確かに聞いたと思った。

「でしょう?」

「こちらこそ。こうして歓迎会ができて嬉しいよ。これもウチのレージと城君のおかげかな」

京の言葉に調子に乗った返しをしたのは後藤のみで、

「いや、そんな」

と城のほうは恐縮している。

「正しいリアクションは城君だからな」

学べよ、と京が後藤の頭を叩くと、

「ウチの先生はすぐ、手が出るんだよ」

と後藤は不満げに口を尖らせたあとに、気を取り直した様子となり言葉を続けた。

「でも、めっちゃ尊敬してるんだけどね」

と叩く。

「僕も藤川さんのこと、尊敬してるよ」

対抗心を燃やしたのか、はたまた藤川へのアピールか、胸を張る城の頭を今度は藤川がぺし、と叩く。

「昨日会ったばかりで尊敬も何もないだろうが」

「痛……っ。藤川さん。意外に手、早いんですね」

城が戸惑ったような声を上げ、藤川を見る。

「廣瀬先生よりマシだろ」

明るく応対する藤川を前にし、意外にも親しみやすいんだな、と内心驚きを新たにしていた京だったが、視線に気づいたらしく、自分に笑いかけてきた彼との間には距離を感じた。

やはり、お互い、適度な距離を置こうと思っているということだろう。しかし同時にそう思うということは案外、相性的にはいいのかもしれない。

そんなことを考えている自分にふと気づき、何を考えているんだか、と京は思わず苦笑してしまったのだが、後日、まさに『相性がいい』と思われるような出来事が起ころうとは、未来を予測する力のない彼に察知できるはずもなかった。

4

「廣瀬先生に詫びを入れておいたほうがいいぞ」

今後のためにも、と上司の林に告げられたときに、嫌な予感はしたのだ、と、銀座のスペインバルを目指す路上で藤川は密かに溜め息をついた。

確かに無礼な振る舞いはしたが、その場で謝罪はすんでいる。そのあと、妙に立ち入ったことを言われ、またも暴言を吐き退場はしたが、それに関してはいってはなんだが向こうにも非があったのではと思うのだ。

とはいえ、今後世話になるのは確かなのだし、着任早々、命令違反を犯すのも何かと思い直し、不本意ではあったがT大学を訪れた結果、なぜか法医学教室の飲み会に巻き込まれてしまった。

一応、自分の歓迎会と事件解決の打ち上げ、ということになっているが、なぜ法医学教室の面々に歓迎されるのか、打ち上げを共にせねばならないのかがわからない。

『レージ』こと後藤という名の若い助手の強引な誘いに乗った形となっているが、冷静に考えれば断ればよかったのだ、とまたも溜め息を漏らしかけたところで藤川は飲み会の会場となった、後藤いうところの『イケてる店』、スペインバルに到着した。

「あ、藤川さん！」

先に到着していた後輩にして自分の当面の世話係となる城が、明るく手を挙げてくる。

この、やたらとプライドは高いが、どうも使えそうにないと思《おぼ》しき城と、チャラいとしかいようのない後藤が友人ということに、藤川は違和感を覚えずにはいられなかった。

城が合コンに精を出すようなタイプには見えなかったということもあるが、よく考えれば二人は同じT大出身なのか、と気づく。

しかも二人して、准教授である法医学者の廣瀬を『盲信』といっていいほど信頼しているようだし、と、納得はしたものの、合コンに血道を上げるより前に、自身の仕事に身を入れろ、との思いから城に嫌みを告げてしまった。

「……後藤さんと親しかったんですね。一緒に合コンするくらい」

しかしまったく嫌みは通じず、明るく『はい』と頷かれた上に、その後藤とまたはしゃぎだしたものだから、いい加減にしろとの思いから藤川は、あまり気は進まなかったが、他に喋ることもないし、と話題を事件へと持っていった。

まさに廣瀬の見立てどおりの結論を言えば、さぞ本人、得意がるだろう。さすがに大人だからあからさまに態度には出さないか、と、内心苦々しく思いつつ自殺の動機について話していたところ、得意満面で騒ぎだしたのは、廣瀬本人ではなく助手の後藤だった。

「やった！　僕の推理、大当たり……って、痛っ」

途端に廣瀬が彼の後頭部を殴ったことに、藤川は正直驚いた。

「京さん、何するんですか」

クレームをつける後藤に、廣瀬が厳しい語調で注意を促す。

「前から言っているだろう。推理するのは警察の仕事だ。我々に『推理』は必要ない。事前にも、事後にも。ただ、事実だけを導き出す。つまびらかに。推理は先入観になりかねない。当然、わかっているだろうが」

パフォーマンスだな。

聞いた瞬間、藤川の頭に浮かんだのはその言葉だった。

あれはあきらかに自分に聞かせようとした台詞だ。本心とはとても思えない。その思いがつい、藤川の口を衝いて出る。

「一応、そういうスタンスではあるんですね」

「え？……ええと、『一応』というのはどういう意味かな？」

即座に反応してきたところがまた、わざとらしい。それで藤川は思わず、こうした酒の席では言うつもりのなかった本音を廣瀬にぶつけてしまったのだった。

「てっきり、推理ありきなのかと思っていたんです。あなたの解剖所見は捜査を先導しているような印象を受けたので」

「それは君の印象だろ？　こっちはそのつもりはないよ。監察医の仕事は、遺体の最期の声をできるだけ正確に伝えることだと思っている。自分の主張など挟み込む余地はないよ。第一、推理し、捜査するのは君たち警察の仕事だろう？」

即座に言い返してきた廣瀬に対し、なぜか苛立ちが募り、藤川はまた言い返そうとしたのだが、ここで空気を読んだのか、はたまた読めてないがゆえか、後藤が割り込んできたために議論は発展せずに終わりを迎えた。

「京さん、どうしたんです？　まさかもう、酔っ払ったとか？　ともかく、飲みましょうよ！」

言い争うつもりはなかった。が、結果として険悪な空気にはなってしまった。なぜか、と藤川は考え、相性が悪いんだろうな、という結論にすぐさま達した。

なんとなく、彼と相対すると居心地の悪さを覚える。俗に言う『虫が好かない』というやつだろう。自分だけではなく、相手もまた自分を『虫が好かない』と思っていることは肌で感じる。

藤川は今まで他人に対し、こうした思いを抱くことはまずなかった。苦手だ、と思うときには自身にきっちりと説明できるような理由があり、『虫が好かない』などという曖昧《あいまい》な理由で苦手意識を持つことはなかった。

なにが気に入らないのだろう。考えてもやはり『虫が好かない』としか表現し得ない。なんとなくもやもやとした思いを抱いているうちに、こちらははっきりと『図々しすぎる』という理由で苦手意識を持った後藤から、質問攻めにされていた。

その後、和やかな雰囲気のままつつがなく宴席は続いたが、それは藤川も、そして廣瀬も、お互いに部下、或いは年少者の前でムキになるのは大人げないという気持ちになったからであろうと思われた。

二時間ほど飲み食いしたあと、そろそろ店が混んできたこともあって会計となったのだが、そこでまた藤川と廣瀬の間で一悶着《ひともんちゃく》あった。

藤川は当然、支払うつもりだったのだが、『歓迎会』だから支払う必要はないと廣瀬が言ってきたのである。

「それは困る」

奢《おご》られる謂《いわ》れはないし、廣瀬に奢られたことが上に知られれば問題視されるやもしれない。それで藤川は払う、と主張したのだが、廣瀬は耳を貸そうとしなかった。

「歓迎会といって誘ったんだ。君から金を取るわけにはいかない」

「歓迎会だから来たわけじゃない。払わせてほしい」

押し問答となり、藤川の苛立ちが募ってきたあたりで、またも後藤が強引に場を収めたのだった。

「僕が支払いはすませましたんで、取り敢えず店、出ましょう。精算は明日以降ってことで」

店の迷惑になりますから、と言われてはこのチャラい若者の言葉に従わざるを得ず、不本意な気持ちを抱えたまま藤川は皆と一緒に店を出た。

「それじゃ、明日、城君経由で連絡しますんで」

お疲れ様でした、と後藤が明るくそう告げ、頭を下げる。

「……お疲れ様でした」

なんとなく、もやっとした思いを抱きつつも、頭を下げ、その場を離れようとしたとき、背後からドスの利いた声が響いてきた。

「えらいべっぴんさんやなあ！　ちょっと付き合ってもらおうやないか」

わざとらしい関西弁には嫌というほど聞き覚えがある。いい加減、しつこいな、と思いながら藤川が見やった先では、立川署勤務の間に藤川が組の幹部を三名、豚箱入りさせた広域暴力団、桜花組のチンピラたちがにやにや笑いながら近づいてきていた。

「再会を祝して一杯飲もうや、なあ、兄ちゃん」

チンピラの一人がそう言い、藤川に手を伸ばしてくる。チンピラたちの人数は総勢六名。五秒でカタはつくな、とその場で計算した藤川は、まずチンピラの一人の腕を捕らえて引き寄せ、腹に膝《ひざ》をぶち込んだ。

「ぐえっ」

声を上げ、地面に沈んだ男の横から飛びかかってきた別のチンピラも腹を殴って攻撃を避け、もう一人は顎《あご》の下を蹴り上げる。

あと三人か、と視線をやった先、思いもかけない光景が目に飛び込んできたのに、驚いたせいで藤川はその場で固まってしまった。

というのも、自分に向かい攻撃をしかけてくるはずのチンピラが既に、廣瀬の足元に転がっていたからである。

「こいつら、善良な一般市民じゃないよな？　あきらかに君に危害を加えようとしていた暴力団関係者だよな？」

確認を取ってきた廣瀬は、息一つ乱していない。三人ものチンピラを一気に片付けるとは。やはり相当、腕には覚えがあるのだろうと、藤川はまじまじと廣瀬を見やった。

「違ったか？」

藤川の視線の意味を勘違いしたらしい廣瀬が、一気に心配そうな表情となり問いかけてくる。

「いや、問題ない。所轄時代に絡まれていたチンピラたちだから」

案ずる必要はない、と答えたあと藤川は、興味を抑えきることができずに廣瀬に問うてしまっていた。

「失礼だが柔道何段だ？」

「四段だ。君もそんなものだろ？」

問われて藤川は、頷いた。

「そうだ」

「藤川さんも柔道四段！　凄くないっすか？」

ここで後藤が騒ぎだしたせいで、またも藤川は廣瀬との会話を中断させざるを得なくなった。もしや、それが狙いか？　こうも続くと邪推もしたくなる、と藤川が見やった先では、後藤が明るく廣瀬に問いかけていた。

「四段だと、警察に届け出るんでしたっけ？」

「別に届け出はしないよ。誰かを殴ったりしたら凶器扱いはされるけど」

苦笑しつつ廣瀬が答えたあたりでパトカーのサイレン音が響いてくる。

「あとは俺らに任せてください。それではお疲れ様でした」

巻き込むわけにはいかない、と藤川は廣瀬と、彼の近くにいた部下たち二人に頭を下げた。

「あ、それじゃ、すみません」

すぐさま意図を察してくれたらしい後藤がぴょこんと頭を下げ、廣瀬の腕を引いて歩きだそうとする。

「京さん、行きましょう」

「いや、いいのか？　奴ら殴ったのは俺だし……」

留《とど》まろうとする京に藤川は「いいんです」ときっぱりと言い切ると、どうしたらいいのか困ったように佇《たたず》んでいた、もう一人の廣瀬の部下、青木に対しても、

「お願いします」

と声をかけた。

「あ、はい。失礼します」

青木は藤川に対し頭を下げると、京へと駆け寄り後藤とは逆側の腕を取る。

「行きましょう、先生。僕らがいたほうが迷惑のようなので」

「え？　そうなのか？」

二人に引っ張られながら、廣瀬が藤川を振り返る。

「そういうことです」

藤川が即答すると、廣瀬は「そうか」となんともいえない顔になったあと、するり、という表現がぴったりの動作で後藤と青木の腕を振り解いた。

「わ」

「あっ」

若い二人が驚きの声を上げるのに、廣瀬は苦笑してみせると、改めて藤川を振り返り、軽く頭を下げる。

「それじゃ、また」

やれやれ、というような表情を浮かべる彼の心理を思うと、なぜかカチンとくるものはあったが、すぐに藤川は気持ちを切り換え、

「失礼します」

と彼もまた頭を下げ返した。

三人が立ち去ってすぐに、警察官がやってきた。

駆けつけた彼らに藤川は手帳を見せ、地面に倒れているのが立川の暴力団員であり、自分に危害を加えようとしてきたので防御したと説明し、納得した彼らによりチンピラたちは連行されていった。

「しかし凄いですね。藤川さんも京先生も」

傍《そば》で様子を窺《うかが》っているだけだった城が、二人になるとようやく藤川にそう声をかけてくる。

「…………」

『廣瀬先生』から『京先生』に呼び名が変わっているのはおそらく、飲み会のときに後藤が『京さん京さん』と連呼していたのが伝染《うつ》ったのだろう。廣瀬の気さくなキャラクターが城に名字ではなく名を呼ばせたのかもしれないが、馴れ合っているようであまりよろしくない。

一応、注意をしておくか、と藤川が城を見る。と、城の顔が途端に真っ赤になったものだから、またか、と藤川は天を仰いだ。

「すみません。別に藤川さんに対して変な感情、持っているわけじゃないんですよ。ただ、なんていうのか。目が合うとやたらとどぎまぎしちゃうんですよね。疚《やま》しい気持ちは本当にないんですよ。言うなれば、アイドルとか……いや、違うな。僕別にアイドルには興味ないので……ああ、女優とか！　そう、美人女優を前にしているような錯覚に陥ってしまうんです。日本の女優というよりハリウッド女優というか、うん、ソッチの感じですね」

「…………ドッチの感じでもいいが、『廣瀬先生』な」

注意をしても無駄に終わる可能性は大だなと思いながらも藤川は一応それは伝え、

「帰るぞ」

と踵を返した。

「あ、はい」

城が慌てた様子であとをついてくる。

「藤川さんは寮でしたよね」

「ああ。君は自宅だったな」

確か渋谷区《しぶやく》松濤《しょうとう》といういかにもな高級住宅地だった、と昨日の歓送迎会の帰り道に聞いたことを思い出す。

いい家のお坊ちゃんでT大で。身長も百八十センチ以上、顔もいいが、残念感がハンパない。

「そうです。松濤なんですよ」

こうして敢えて『自慢』よろしく地名を言うところがまた残念だ。もし合コンで同じことをしていれば、せっかくのバックグラウンドや本人のポテンシャルを活かせず、モテずに終わるに違いない。

余計なお世話としかいいようのないことを考えていた藤川だったが、見るとはなしに見ていた先では、またも城が真っ赤な顔となっている。

「違うんです。ほんと、疚しいことは何も考えていないんです」

慌てて言い訳を始めた彼に対し、そうも『疚しいことはない』を繰り返されると、実は逆なのではないかと思えてきてしまう。

今まで同性からそうした『疚しい』思いを──『劣情』を抱かれることはままあった。藤川の今までの経験上、それをストレートに示してくる相手ほど断りやすく、問題にもなりにくいのだが、ひた隠しにしている場合や本人にその自覚がない場合に、関係がこじれたり、いきなり襲いかかられたりすることが多いのだった。

城はプライドも高そうだし、まず、そのプライドを失うような行為には及びはしないだろう。加えて彼は警察官である。職業意識がブレーキとなってくれるに違いない。

異性に対しては、こうした危機感を抱くことはまずない。顔に見惚れられることはよくあるが、恋愛感情を抱かれることはあまりなく、性的衝動を覚えられることはまず、ないのだった。

意中の女性に告白しても、たいていはふられる。観賞用にはいいけれど、付き合う対象ではない、と言われたことが今まで二度、あった。

女性からのアプローチに悩むのもやっかいではあろうが、多くの男性は同性からの『疚しい感情』には悩んだりしないのではないか。

藤川にとってそれは物心ついてからありがちなことだったため、いい意味でも悪い意味でも

『慣れて』しまっていたが、ふと、他人と自分を比べる機会があったりすると、なんともいえない感情が湧《わ》いてくる。

自分ばかりが損をしている、と思いたくなくても感じてしまう。そうした後ろ向きな感情は藤川の好むものではないため、今回もまた彼はそんな感情に蓋《ふた》をすると、城は無視し駅へと向かい足を速めた。

「藤川さん、待ってください。送ります」

腕力においてはおそらく藤川に大きく劣ることは間違いないのに、未だに『女優』とでも思っているのか、城が慌てた様子で追いかけてきて、女性扱いとしか思えない言葉をかけてくる。

「…………」

馬鹿か、と心の中で吐き捨てると藤川は、聞こえないふりを貫き尚も足を速めたのだった。

翌日、藤川は城に対し『友人』の後藤に飲み会の精算をしてほしいと連絡をさせたのだが、後藤から送られてきたメールの返事は、全額を廣瀬准教授がもってくれたので、支払う必要はない、というものだった。

「それじゃ困る」

自身の部下たちの分を廣瀬がもつのは自由だが、自分まで奢られる理由はない。それで再度城に連絡させようとしたそのとき、林から声をかけられた。

「藤川、立川署に自首してきたという男が今、第一取調室にいる。三ツ矢に担当させるから、お前に調書、頼めるか?」

「はい、わかりました」

三ツ矢というのは四十代の先輩で、林の右腕的な存在のように藤川の目には映っていた。温厚そうな外見をしているが、林同様、目の中に厳しい光がある。

「立川だったら君が一番、土地勘あるだろうと思ってね」

どうやら三ツ矢からの指名だったようで、駆け寄っていくと三ツ矢はそう藤川に笑いかけてきたが、やはりその目は笑っていなかった。

「ありがとうございます」

だが藤川が礼を言うと、三ツ矢は少し照れたような顔になり、ふい、と目を逸《そ》らしてしまった。

「いや、なんでもない。別にお前がなんだってわけじゃないから」

聞くより前に言い訳をされ、藤川は一瞬、天を仰ぎそうになった。が、城には気づかれない自信があったが、さすがに三ツ矢には悟られると思い、すんでのところで堪えた。

いたたまれなくなったのか、三ツ矢がコホンと咳払《せきばら》いをし、自首をしてきた男について話し始めた。

「立川署から入った連絡によると、自首してきたのは沢木光夫《さわきみつお》、二十二歳。印刷会社の派遣社員だ。飲み屋で口論になった相手を待ち伏せし、鉄パイプで殴り殺した。一夜明け、隠しおおせることではないと、凶器を手に自首してきた、ということだ」

「そうですか」

よくある話――といってはなんだが、本当によくある話だ、というのが藤川の抱いた第一印象だった。

切れやすい若者が衝動のままに事件を起こし、ふと冷静になって自首してくる。犯した罪は取り返しがつかないと、警察に来て初めて思い知り、がくがくと震えだす若者が多い。

今回もそうなのだろう。予測しつつ取調室に入った藤川は、なんともいえない違和感を覚えることとなった。

取調室の椅子に座っている若者は、一見して『衝動的に殺人を犯す』タイプではなかった。いかにも真面目そうに見える。しかし酒が入ると人が変わるという人間もいるしな、と自分の第一印象に蓋をし、藤川は書記役の席についた。

「まずは名前と年齢を。ああ、君には黙秘権があるから。答えたくないときには答えることを拒否していい。君の供述はそこにいる書記が調書として書き記している」

三ツ矢がそう言い、ちらと藤川を振り返る。

「……あ……」

それまで俯いていた沢木が顔を上げ、藤川へと視線を向けたのだが、彼はぽかんと口を開けたまま、固まってしまった。

「君」

三ツ矢に声をかけられ、沢木がはっと我に返った顔になる。

「すみません。でも……」

頭を下げたあと、また、ちらと藤川を見た沢木は、声を潜め三ツ矢に問いかけた。

「あの人も、刑事さんなんですか？」

「刑事以外の何に見える？」

『自首』してきた相手であるからか、三ツ矢の沢木に対する態度は柔らかい。喋りやすい環境を作るためだろうが、と、藤川が見やった先、沢木がどぎまぎした様子で再び目を伏せ、とんでもない言葉を口にした。

「……天使……とか」

「天使……」

さすがに三ツ矢も唖然としたが、膨《ふく》らませる話題ではないと踏んだようで、何事もなかったように取り調べが始まった。

「立川署に自首をしてきた、その内容をもう一度ここで話してもらえるか？」

「はい」

素直に頷き、沢木が明かしたのは、やはり『よくある』としかいいようのない事件だった。沢木は昨日給料日で、久々に立川駅の南口近くにある居酒屋に一人で行った。飲んでいたところ、傍で騒ぐ男たちがいた。やかましかったので注意をすると、逆切れされ小突かれた。それで腹を立てた彼は、先に店を出て一ブロック先の工事現場まで行き、中に落ちていた鉄パイプを拾って店の近くまで引き返し、自分を小突いた男が出てくるのを待った。男のあとをつけ、一人になったところを狙《ねら》って鉄パイプで殴っているうちに相手は死んでしまった——というものだった。

「後悔しています。なぜ自分がそんなことをしてしまったのかわかりません。酔っていたのだと思います。酔いが覚めたあとには後悔しかなくて、それで立川署に自首をしました」

「被害者の前田さんとは、面識はなかったんだな？」

三ツ矢の問いに沢木は即座に、

「はい」

と頷く。

「居酒屋で絡まれたときの状況は？」

「彼らはグループで来ていて、とにかく喧《やかま》しかったんです。それで注意をしたら『うるさい』と切られて。肩を小突かれて頭に血が上ってしまったんです」

その後、三ツ矢は供述にブレがないかを確かめるため、何度か同じ問いを重ねたが、沢木の答えは常に一定のものだった。

なんだか、脚本でも用意されているようだ。

話を聞くうちに藤川の中でその印象が膨らんでいった。

立川署でもさんざん聞かれた、ということもあるだろうが、たいていの場合、自首をしてきた人間であっても、供述にはある程度のブレが生じるものなのである。

人間の記憶というのはかなりいい加減で、ほんの数時間前の出来事であっても、隅から隅まで正確に思い出そうとしても、齟齬《そご》が生じるのが普通である。

しかし、今のところ沢木の供述には少しのブレもない。かえって不自然ではないのか、と思ったのは三ツ矢も同じだったようで、しつこく質問を繰り返していた。

やがて調書に署名をさせる段になり、藤川は自分が書いた調書を三ツ矢に手渡した。

「どうも」

三ツ矢が受け取り、ちらと藤川に視線を送ってくる。

「しかし、よく覚えているよな。普通は動揺して記憶も曖昧になりそうなものだが。第一、酔ってたんだろう?」

嫌みとはっきりわかる口調で三ツ矢がそう言い、じっと沢木の目を見つめる。

「……人を殺した経験などなかったもので。それより、弁護士の先生を呼んでもらえますか」

「…………」

弁護士が既についていることに驚いた藤川だったが、三ツ矢が告げた名を聞き、ますます違和感を深めたのだった。

「井上勝《いのうえまさる》先生だったな。井上弁護士とはどちらで？」

井上勝といえば、よくマスメディアにも登場する、有名な弁護士だった。いってはなんだが、若い派遣社員が頼めるような相手ではない。

余程のツテでもあったのか、と沢木の答えに注目した藤川だったが、その『答え』はいかにも不自然なものだった。

「勤務先の社長の紹介です」

「今の勤務先にはいつから？」

「先月からです」

「勤務して一ヶ月の君に、社長が井上弁護士を手配してくれたんだ？」

「はい」

頷く沢木を前にし、藤川は今にも『嘘だろう』と言いそうになるのを堪えていた。

「社長は優しい方なんです。僕が打ち明けたらすぐ、弁護士を紹介すると言ってくださって。早く井上先生を呼んでください。お願いします」

それ以降、沢木は一言も喋らなくなってしまった。

供述調書への署名はとれたが、やはり何かあるのでは、という思いを捨てきることができず、藤川は取り調べを担当した三ツ矢に、何を感じたかを問うてみた。

「井上弁護士とはまた、面倒な名前を出してきたな、とは思ったな」

肩を竦める三ツ矢の顔には既に諦観が表れていた。

「上からの申し送り事項ってことだろう。まあ、供述はとれたし、これで終いかな」

「終いって、どう考えても不自然ですよね？」

思いは同じに違いない。そう考えていた藤川は、三ツ矢からの答えに愕然となった。

「不可侵領域ってことだろう」

「不可侵？　侵してはならない領域ってことですか？」

そんな領域があること自体、おかしいと思うが、と疑問をぶつけた藤川に対する三ツ矢の言葉は、

「上の判断に任せるしかないだろうが」

というもので、藤川は唖然としてしまったのだった。

確かに供述には疑問を挟む余地はなかった。しかし『なさすぎる』こと自体、問題ではないのか。それを問い質そうとすると『不可侵領域』などと言われる。

果たして三ツ矢の言う『上の判断』はどうなるかと林からの指示を待ったが、供述の裏をとるように、との指示が他の係員に下ったのみで、沢木の供述を疑うような流れにはまったくな

らなかった。

これでいいのか——？

いいわけがないと思う。が、ここで声を上げたにしても誰にも取り上げられることなく終わるのは目に見えていた。

「俺も裏取りに回りたいんですが」

それでも何かをせずにはいられなくて、藤川は林に直談判し、裏取り捜査に加えてもらったのだが、口論が起きたという居酒屋での聞き込みも、現場となった路地裏での目撃者の証言も、まさに沢木の供述どおりの内容が確認できただけだった。

「問題なし、だな」

共に聞き込みをした森《もり》という先輩がそう言うのに、藤川は思い切って自身の意見を述べてみた。

「供述ありきの目撃情報なんじゃないでしょうか。ブレがなさすぎなのが気になるんですが」

「……そこは上に判断してもらおう」

森も心の底から『問題なし』とは思っていなかったようだが、彼の口から出たのは三ツ矢と同じ言葉だった。

「…………」

どうしたらいい？　再度現場検証を、といっても上の許可がいる。目撃情報を更に募るにしても同じだ。

何か沢木の供述に具体的な齟齬でも出てこない限り、上を動かすことはできないだろう。

しかしその『齟齬』がないようガチガチに固めてきているのが、裏付け捜査の結果わかった。

となると——考え込んだ藤川の頭に、閃《ひらめ》くものがあった。

解剖所見だ。

遺体の状態に矛盾はなかったのか。解剖所見を藤川はまだ目にしていなかった。そこに何かしらの矛盾を見出すことができれば、突破口となるのではないか。

そう思ったときには既に、藤川は共に戻るはずだった森に、

「すみません、ちょっとT大に行ってきます」

と声をかけ歩き始めていた。

「おい！　藤川！　勝手な真似はするなよ！」

背後で響く森の声を無視し、気が逸《はや》るあまり駆け足となっていた藤川の頭に廣瀬の顔が浮かんでくる。

解剖は彼がしていると思うが、結果、どういう結論を導き出したのか。聞かせてもらおうじゃないか、と意気込む藤川の脳裏にはしっかりと、廣瀬が自分に告げた『監察医の仕事には命をかけているんだ』という怒声が蘇っていたのだった。

5

「京さん、どうしたんです？　変な顔して」

　後藤に声をかけられ、京はいつしか自分が眉間に縦皺を刻んでしまっていたことに気づいた。

「変な顔で悪かったな」

　助手たちに必要のない心配をさせたくない思いから、京は敢えてふざけてみせると、ぽん、と後藤の頭を叩いた。

「充分、イケメンです」

　敏感に察したらしい後藤が、悪ふざけに乗ってくる。本当に勘のいい部下で助かる、と京は苦笑しつつ、ぽん、と今度は幾分優しく後藤の頭を叩いた。

「痛」

「痛くは叩かなかったよな？」

「あ、ほんとだ。痛くなかった。どうしたんです？　手加減ですか？　イケメンって褒めたからですか？」

「馬鹿」

勘がいいわけではないのか。ただの偶然だったのかも、とまたも京は苦笑し、今度はいつものように後藤の後頭部を叩いた。

「痛」

後藤は悲鳴を上げ「もう、暴力反対」と口を尖らせたあとに、

「京さん、今晩、付き合ってもらえませんか？」

と顔を覗き込んできた。

「付き合うって？」

「後輩の女の子がね、京さんと一緒に飲みたいって言うんですよ。ファンなんですって。しつこいから一回くらい、付き合ってもらえると、僕の顔も立つんですけど」

「断る。なんでお前の顔を立ててやる必要がある？」

「……まあ、ないですよね」

後藤が苦笑し頭を掻いたそのとき、研究室のドアがノックされたかと思うと勢いよく開いた。

「廣瀬先生、すみません！　お話、お伺いしたいんですが！」

『飛び込む』という表現がぴったりの勢いで部屋に入ってきたのは、警視庁の若き刑事、藤川レイラだった。

「話？」

正直、藤川のことは京も気にかかっていた。というのも後藤のもとに頻繁に彼の友人である

警視庁の刑事、城より連絡が入り、飲み会の精算を急かされていたためである。

まさか用件はそのことではないよな、と眉を顰め問いかけた京に藤川は、今、まさに自分が考えていたそのものを言われ、唖然としてしまったのだった。

「立川の殺人事件、鉄パイプでの撲殺《ぼくさつ》、あれは先生の担当だよな？」

「え？　……ああ」

頷いたあと京は、抱いていた疑問をぶつけようとしたのだが、傍で聞き耳を立てている後藤をまず追い払うことにした。

「レージ、コーヒー」

「コーヒーなどいらない」

むっとした顔になる藤川を見て、後藤が京に「いらないそうです」と答え、その場に留まろうとする。

「いいから買ってこい」

早く、と強引に後藤を部屋から追い出し、室内が無人になると京は胸に宿っていた疑問を藤川にぶつけていった。

「さっきの検死の件だが、ちょっとわけがわからない。俺の解剖所見は無視されているのか？あれは撲殺には違いないが、鉄パイプではない。拳だ。自首してきた男は鉄パイプで殴ったと供述しているんだろう？　矛盾しているのになぜ、そのまま送致されようとしているんだ？」

「凶器は拳で鉄パイプじゃない？　本当か？」

まさか、との思いから思わず大きな声を上げた藤川に、更に大きな声で京は叫んでしまっていた。

「嘘をつくわけがないだろう！」

「あ……悪い。違うんだ」

はっと我に返った表情となった藤川が、慌てた様子で首を横に振る。

「疑ったわけじゃない。その結果を今、俺は初めて知ったんだ」

「え？　本当か？」

問うてしまってから京はすぐさま、むっとした顔になりかけていた藤川に向かい、

「俺も疑ってないぞ。今のは言葉の綾だ」

と言葉を足した。

「…………どういうことなんだ？」

藤川が眉を顰め、問いかけてくる。

「俺のほうが聞きたいよ。自首だったんだよな？　不自然な点はなかったのか？」

逆に京が問い返すと、藤川は実に複雑な表情となった。

「……なかった。が、なさすぎるんだ。台本でもあるようだった。勿論これは俺の主観だが」

「結果ありきだった、ということか？」

確認をとると藤川は、少し迷った素振りをしたあとに、小さく頷いた。

「あくまでも俺の主観だ。しかし、気になることもある」

「気になること？　なんだ？」

考え考え、一言ずつ喋っているのは、自身の言葉に責任を感じているためだろう。そういう姿勢には好感が持てる、と頷きつつ問いを発した京は、返ってきた答えに愕然としたあまりその場で固まってしまった。

「言い方に問題あるのはわかっているがスルーしてくれ。容疑者が自首をしてきたときには分不相応なほど高名な弁護士が既についていた」

「それはつまり……」

暗に『そう』だと言っているに違いないとわかっていたが、本人からその言葉を引き出したいと、京は真っ直ぐに彼を見つめた。やはり真っ直ぐに京の目を見返してきた藤川の口がようやく開く。

「断定はできない。だが、身代わり自首の可能性が高いんじゃないかと思う」

「……身代わり……か」

しかも、上層部を巻き込んでの、と京が藤川に向かい、頷いてみせる。

「確証はない。だが、裏取りも不自然なほどの統一された感があった。疑問を差し挟む余地はなく、このまま送致、裁判と進むことが決まっている。そんな流れが見える」

「真実が歪《ゆが》められる、というわけか」

何ゆえに、と眉を顰めた京に、藤川が大きく頷く。

「そういうことだ。よくわかった。先生、ありがとう！　単独にはなるが、取り敢えず調べてみることにする」

それじゃあ、と明るい声で挨拶をし、部屋を出ていこうとする藤川を京はなぜか呼び止めてしまっていた。

「ちょっと待ってくれ」

「え？」

藤川が不思議そうな顔をし振り返る。

「いや……単独で捜査なんて、できるのか？」

上に知られたら問題になるのではないか。まだ本庁勤務になって日が浅いし、本人の性格からいって頼れる上司や先輩がいるとはちょっと思えない。

今までの話を聞くに、もしこれが本当に『身代わり自首』であった場合、それを上層部が受け入れようとしているのであれば、それを覆そうとする行為は危険以外の何ものでもないのでは。

それをちゃんと本人はわかっているのだろうか。それを確かめずにはいられなかった京は、藤川が想像したとおりの返しをしてきたのに、やれやれ、と溜め息をつくこととなった。

「大丈夫だ。腕には覚えがある」

「……だから」

言うと思った、と京は手を伸ばし今にも部屋を出ようとしている藤川の腕を掴んだ。

「なんだ？」

藤川が眉を顰め、京を再び振り返る。

「ちょっとばかり腕力だの身体能力だのがあると、自分を過信しがちだが、君はその典型だな」

「……失敬な」

藤川があからさまにむっとした顔になり、京を睨む。頭に血が上ったようで、頬は紅潮し、成人男性にしては大きな瞳がキラキラと輝いていた。

本当に美しい。美人は怒った顔も綺麗だ。思わず見惚れそうになっていた京は、そんな場合じゃなかったか、と内心苦笑しつつも、腕を振り解かれまいと力を込め、口を開いた。

「怒らせるつもりはない。ただ、無謀なことはするなと言いたかっただけだ。一人で動くことがどれだけ危険か。せめてもう少し準備を……」

「時間がないんだ。既に送致は決まっている。罪が確定するより前に真犯人を見つけなければならないからな！」

離せ、と京の手を強引に振り払い、藤川が踵を返そうとする。

その足を止めたいという願いだけで京は、自分でも思いもかけない言葉を叫んでいた。

「なら俺が一緒に行こう」

「……は？」

告げた京自身、予想外の言葉ではあったが、告げられた藤川にとってもまた予想外だったらしく、足を止め京を振り返ったその顔には、困惑の表情が浮かんでいた。

「あんた、何言ってるんだ？　監察医が捜査に同行するとか、あり得ないだろう」

「まあ、あり得ないが……」

しかし心配なのだ、と告げそうになり『心配』はNGワードかと気づいて口を閉ざした京は、改めて自分の気持ちに気づき、やや愕然とした。

そう。自分はこの、無鉄砲としかいいようのない若い刑事を——顔はとびきり綺麗だが気は強い上、自分に対してあまりいい感情を抱いていないことが手に取るようにわかる彼を『心配』しているのだ。

言われなくても『余計なお世話』であることは、京自身がよくわかっている。それでも危機感がまるでない彼を一人で行かせるわけにはいかないと、自分でもよくわからない義務感に駆り立てられていた京は、何がなんでも同行してやるという思いをいつしか抱いてしまっていた。

「しかし、聞き込みにしろなんにしろ、普通二人一組で動くものだということは、刑事ドラマの影響か今時皆、知っているだろう？　一人のほうが不自然に思われる。だから二人で行こうと言ってるんだよ」

「それは……」

藤川が、うっと言葉に詰まる。どうやら彼は思考より行動が先に出るタイプのようだ。自分の指摘を素直に受け止めるところは可愛いじゃないかと思いつつ、あと一押し、と京は藤川に畳み掛けた。

「監察医であることはできるかぎり明かさない。君が手帳を見せれば俺まで見せろとは言われないだろう。君から許可が出るまで、一言も喋らないと約束するよ。司法解剖の結果と著しく違うことを言われない限りは」

「しかし……」

反論しかけた藤川が、言葉を途切れさせる。これはもう、了承してもらえたと思って間違いないだろう、と京は、既成事実にするべく幾分早口になりながらも言葉を続けた。

「ともかく出かけよう。急いでいるんだろう？　まずはどこに行く？　被害者周辺の聞き込みか？　それとも身代わり自首してきた男の周辺を探るか？」

「………」

最後の逡巡《しゅんじゅん》をしているのか、藤川が一瞬、黙り込む。が、次の瞬間には息を深く吐き出し、きっぱりした口調でこう告げてきた。

「被害者と容疑者が揉《も》めた居酒屋で再度聞き込みをかけたい。どの店員からもまったく同じ証言がとれたが、『同じ』すぎると感じた。おそらく、何かしらの力が働いていると思う」

「わかった。居酒屋だったな。従業員を片っ端からあたろう」

そう言い、笑いかけた京に対する藤川のリアクションは、唇をきゅっと引き結ぶ、何かしらを決意したとわかる表情だった。

決意の内容を語るつもりは、藤川にはなさそうだった。とはいえ、彼の感情はすべてその美しい顔に表れていた。

不本意だが仕方がない。せいぜい利用させてもらうこととしよう。

「…………」

つくづく、嘘のつけない男なのだと思う。さぞ、生きにくいであろう。しかし今回、所轄から本庁に異動できたことを思うと人からは嫌われないタイプなのかもしれない。

顔が綺麗だから、というよりは、今の自分のように危なっかしくて見ていられない、という気持ちが働くのかも、と苦笑しそうになっていたのを堪えると京は、後藤が帰ってくるより前にと、出かける仕度をするべく白衣を脱いだのだった。


現場となった居酒屋は、立川駅南口にあった。再開発後にできた新しい綺麗な店舗のドアには『準備中』の札がかかっていたが、中に人の気配がしたからだろう、京の前で藤川は迷う素振りを見せずドアを開いた。

「すみません、開店、五時半なんですけど……」

フロアの掃除をしていた若い女性が顔を上げ、藤川を見た瞬間、

「あ」

と小さく声を上げたかと思うと、慌てた様子で奥へと入っていく。

「店長！　警察の方です。昨日いらしたあの……」

おそらくそのあとには『綺麗な人』といった表現が入るのか、と思っていた京だが、厨房から駆け出してきた店長と思しき若い男の、嫌悪感丸出しの表情を見て、予想を外したと悟ったのだった。

「……刑事さん、またですか。昨日、さんざん聞いたじゃないですか。昨日以上のことは、僕も店の子たちも喋れませんので。しかも今、仕込みの最中で本当に忙しいんです」

まくし立ててくる男の剣幕に、京は違和感を覚えた。昨日、余程藤川はしつこく食い下がったのかもしれないが、にしても警察相手にこうも居丈高になる人間はあまりいないのではないかと思われる。

事件の関係者への事情聴取というわけではなく、言うなれば目撃情報の確認に来ただけだというのに、攻撃的すぎるな、と考えていた京の前で藤川が丁寧な口調で話し始めた。

「お忙しいところ申し訳ありません。ただ、もう一度状況を確認させていただきたいと思いま

して……」

藤川がそうも下手《したで》に出るのは意外だった、と京が見やる先、店長が厳しい表情のまま、首を横に振る。

「ですから、昨日お話しした以上のことは覚えていないしお話しもできません」

これはあきらかに『拒絶』であろうに、藤川はかまわず顔を上げ問いを発した。

「昨日と同じで結構です。被害者と加害者が店内で揉めたことを、店長の黒田《くろだ》さんも店員の鈴木《すずき》さん、村田《むらた》さんも気づいていたということでしたよね」

「………」

問いかけられた店長——黒田という名であるらしいことが、今の藤川の呼びかけでわかった——は、むすっとしていたが、藤川が再び、

「気づいていらしたんですよね？」

と確認を取りじっと顔を見つめると、落ち着かない表情となったあとに、渋々頷いてみせた。

「……はい。まあ」

黒田の顔が赤くなっているのを見て、なるほど、『美貌』はこういうときにも武器になるのか、と改めて京は気づいた。確かに近いところからあの綺麗な顔で見つめ続けられたら、大抵の男女はいたたまれない気持ちになるに違いない。

藤川は自覚してやっているのか、はたまた無自覚なのか。なんとなく、無自覚っぽいよな、

と内心苦笑していた京の前で、聞き込みは続いていった。

「どんな様子でした？　確か、加害者が大声を上げたので、皆さん注目されたんでしたよね」

「……注目というか、喧嘩に発展したらマズいなと思って見ましたが、その後は特に争いにはならなかったし、怒鳴ったお客さんのほうが——今回の犯人の人のほうがすぐに店を出ていったので、特にその後も気をつけてはいませんでした。あのときは団体が三組も入っていて、忙しかったもので。騒ぎにさえならなかったらいいかという感じで」

喋り始めるとくどくどと長くなっていった黒田の言葉を藤川が遮る。

「最初に大声を上げたという男ですが、この写真の人物に間違いありませんね？」

そう言い、藤川がスーツの内ポケットから取り出したのは、今回逮捕された容疑者の写真と思われた。

「……おそらく」

頷いた黒田に向かい、すかさず藤川が確認を取る。

「『おそらく』とはどういう意味です？」

「ですから」

このやりとりは昨日も行われたもののようで、黒田がうんざりした顔で言葉を返した。

「似ていることは事実です。ただ、さっきも言いましたが、その人は騒ぎを起こしたあと、比較的すぐに店を出ていったので『間違いないか』と聞かれても断定はできません。常連さんならともかく、あまり見かけないお客さんでしたし」

「黒田さんは『おそらく』、それでは村田さんや鈴木さんはどうでしょう。今、いらしていますか？　鈴木さんはさっき、いらっしゃいましたよね」

またも藤川が答えを遮り、黒田に問いを重ねる。藤川は『うんざり』はしていなかったが、きっと昨日とまったく同じ答えだったのだろうな、と京は推測していた。

必要以上に黒田から攻撃的な印象を受けるのはおそらく、自分の気のせいではない、と改めて彼を見やる。

「鈴木も同じですよ。もう、昨日話したことで全部です」

「鈴木さんご本人から、聞きたいんですが」

黒田は今にも帰ってほしそうにしていることには藤川も気づいているだろうに、敢えて粘ってみせる。黒田は一瞬、何かを言いかけたが、鈴木と話をさせたほうが早いと思ったのか、厨房に向かって大きな声を張り上げた。

「鈴木さん、刑事さんがまた話を聞きたいって」

「…………」

数秒後、姿を現したのは、先ほど床掃除をしていた若い女性だった。おどおどしながら黒田の傍までやってきて、俯いたまま藤川に向かい頭を下げる。

「あの……多分、写真の人だと思います」

藤川が彼女に写真を示した直後、鈴木は相変わらず下を向いた状態でそう答え、ぺこりと頭を下げた。

「大声を上げたということでしたが、なんと言ったか、覚えていますか？」

「それ、昨日も言いましたよね」

横から黒田が鈴木を庇《かば》うようにし、そう言葉を挟む。

「黒田さんは『覚えていない』でしたね。鈴木さんは覚えていらした。確認のため、もう一度教えていただけますか？」

藤川はそれぞれににっこりと微笑みそう言うと、視線を鈴木へと戻し、じっと顔を見つめた。

木で鼻を括《くく》ったような言動だが、相手を反発させ、喋らせようとしているのだろう。黒田はしっかり藤川の作戦に乗っているようだが、鈴木という若い女性は今、ようやく顔を上げたものの、藤川の美貌に見惚れ言葉を失っている。

「鈴木さん？」

藤川に呼びかけられ、はっと我に返ったらしい彼女は、その藤川から、

「どんなことを叫んでいたんですか？」

と問われ、あわあわとした様子で喋り始めた。

「あ、あの、『馬鹿にするな』とか『脅そうっていうのか』とか」

「鈴木！」

と、なぜかここで黒田が大きな声を出したものだから、鈴木がぎょっとしたように彼を見た。

「あ……」

黒田は何も言わなかったが、鈴木は何かに気づいたらしい。みるみるうちに彼女の顔から血の気が引いていくのがわかる。

一体なんなんだ、と眉を顰めていた京は、続く藤川の言葉で、その理由を知ることとなった。

「鈴木さん、確か昨日は『煩い』と怒鳴っていたと仰《おっしゃ》っていませんでしたか？」

「そ、そうです。ごめんなさい。私、混乱してました。この人が叫んでいたのは『煩い』です。学生たちに言い負かされてすぐ、店を出ていきました」

「………」

誰がどう見ても、嘘だ。刑事じゃない自分にだってわかる。やはり何かしらの圧力が加わっているのではあるまいか、という京の確信を深めるような言葉を黒田が口にする。

「この事件、もう犯人が自首してきて、捜査は終わっているんですよね？　刑事さんはなんのために聞き込みにいらしたんですか？」

「捜査が終わっているということを、誰から聞いたんです？」

京もまた疑問に思ったところを、藤川がきっちりと突っ込む。黒田は一瞬、言葉に詰まったが、すぐに、

「立川署の刑事さんです！　さあ、もういいでしょう？　開店準備で忙しいんです！」

と早口でまくし立てると、藤川に背を向け、厨房へと入っていった。

「鈴木さん」

黒川のあとに続こうとした鈴木に、藤川が声をかける。びく、と身体を震わせ、おずおずと振り返った彼女に藤川は優しく微笑み、彼女への質問を続けようとした。

「鈴木！」

だが黒川が厨房から顔を出し、大声で呼びつけると、鈴木はまたびくっと身体を震わせ、

「失礼します」

と聞こえないような声で挨拶をしたあと、ぺこりと頭を下げ厨房に駆け込んでいってしまった。

「…………」

藤川は一瞬、何かを言いかけたが、やがて深い溜め息を漏らすと京へと視線を向け、

「行こう」

と声をかけたあと、出入り口に向かい歩き始めた。京も彼のあとに続き、二人して店を出た。

「これからどこに？」

無言で歩き始めた藤川の背に、京が問いかける。

「団体が三組入っていたと言ってただろう？　そのうちの一つがH大の学生たちで、中の一人が近くでバイトをしてるんだ。彼に話を聞きに行く」

「その学生は抱き込まれていないのか？」

京の問いに藤川は足を止め、振り返ると逆に問いかけてきた。

「やはり、そう感じるよな？」

「ああ。あからさまなほどに」

頷いた京に藤川も頷き返すと、少し歩調を緩め横に並んで歩きだした。

「昨日よりも酷くなっている気がする。特に店長の黒田はミエミエだ。逆に興味が湧く」

「何者かが間違いなく真犯人を隠匿《いんとく》し、身代わり自首を押し通そうとしている……しかし誰がだ？」

京が問うと藤川は、

「さあ」

と肩を竦めてみせたあとに、先ほどの京の問いに答えてくれた。

「抱き込まれている可能性は高いが、打開策はありそうだった。情報源を明かさないと確約すれば何か喋ってくれるかも」

「……そうか」

ここで京はふと、思いついたことを口にしかけ、やめておこうと口を閉ざした。

先ほど鈴木は京の美貌に見惚れ、本当のことをうっかり漏らしてしまったように見えた。相手が女性であれば――男性であっても充分有効だと思うのだが――その『顔』を使うのはアリではないか、と京は提案しようとし、即座に思い留まったのだった。

個人的には、使えるものはなんでも使えばいいと思うが、もし本当に彼が『顔』を使った場合、逆にそこを突っ込まれる危険がある、という懸念もあった。要は裁判などになった場合『無理矢理言わせたのだろう』と言われたら反論できないのではということだが、それ以前に藤川が己の顔に対し、コンプレックスに近い感情を抱いていることを思い出したからだった。

そこまで綺麗なのだから、優越感を持つのならわかるが、劣等感を持つ意味がわからない。一般的にはそう考えられがちだが、コンプレックスは本人にしかわからないものだ。嫌がっているとわかっているものを指摘することもない。

京のその思いは、どうも藤川に伝わったようである。

「……行くぞ」

口にしなかったというのに、あきらかに不機嫌になった藤川が、じろ、と京を睨んでくる。

「ああ」

面倒くさいな、と苦笑しつつも、不思議と不快感はない。イラッときてもいいようなものだが、と首を傾げていた京はそのとき、既に自分が藤川に惹《ひ》かれつつあることに気づかぬふりを貫いていた。

口車に乗った。そういうことだろうか。

　立川になぜか廣瀬を同道させることになったことを、藤川は心の底から悔いていた。単独で捜査をしづらいというのは事実だ。しかし、同行者が刑事ではないとわかったほうがマズいことになるのではないか、ということに現場となった居酒屋に入る直前、気づいてしまった。しかし今更か、と思い直し、聞き込みを開始したものの、前日より更に徹底された『隠蔽』ぶりに溜め息をつかざるを得なくなった。

　そんな中、居酒屋の若い女性店員が漏らした真実としか思えない言葉に光明を得たと確信し、一番切り崩しやすい証言者のもとに向かうことにした藤川の心中には、使えるものならなんでも使ってやろうじゃないか、という、言いようによっては『やけっぱち』な思いがあった。

　昨日、聞き込みをしたときに、いかにも何かを喋りそうになっていた学生を藤川は訪ねようとしていた。

　彼が口を割りそうだと思ったのは、自分の顔に見惚れていた時間が誰より長い、という理由からだった。傍にいた学生に小突かれなければ、真実を語っていたに違いない、という確信が

6

あったため、彼のアルバイト先を調べ向かうこととしたのだった。

自身の顔に対し、勿論思うところはあった。他人とどこが違うのかという疑問もあれば、顔だけが取り沙汰されることへの苛立ちも勿論あった。が、使えるとなれば話は別である。

この顔が気に入ったというのなら、いくらでも見つめてくれていい。そのかわり、嘘はごめんだ、と一人頷く藤川の視界に、廣瀬の横顔が過った。

今のところ、邪魔にはなっていない。空気を読むのが得意なのだろう。さっきも言いかけてやめていたが、言おうとしていたのはおそらく、『顔を使え』といったことではないか。

顔の話題は嫌いだと以前言ったことを覚えていたに違いない。その配慮はありがたくはあるが、なんとなく、面白くない。

なぜかな、と一人首を傾げたあたりで藤川は、聞き込みをしようとしていた学生のアルバイト先である北口の家電量販店に到着した。

売り場は確か三階と言っていた、とエスカレーターで三階を目指す。

「あ」

三階に到着したところで、接客するでもなく、ぼんやりと立ち尽くしていた当該の学生、日向《ひゅうが》を見つけた。小さく声を漏らした彼に、大股《おおまた》で近づいていく。

「日向君、だったよね。少し話を聞かせてもらえないかな?」

「え？　でも俺今、バイト中だし……」

一瞬、拒絶してみせた彼も、藤川がじっと目を見つめ、

「五分ほどでいいんだが」

と頼むと、顔を赤らめつつ承知してくれ、バックヤードに案内してくれた。

「居酒屋で、加害者が被害者と揉めたときのことなんだけど、さっき店のバイトの鈴木さんから、昨日とは違うことを聞いたんだ」

「あー……はい」

あきらかに日向は動揺している。揺さぶればきっと本当のことを話すに違いない、と藤川は密かに拳を握り締めると、言葉を続けた。

「彼女が言うには、加害者は『馬鹿にするな』とか『脅そうっていうのか』といった言葉を叫んでいたというんです」

「あ……」

日向の顔色が一気に変わった。青ざめる彼に藤川は、今だ、との思いで突っ込んでいく。

「あなたもそう聞いたんですね？　叫んだのは本当にこの男でしたか？　実は違う人物だったんじゃないですか？」

言いながら自首をしてきた沢木の写真を日向の目の前に翳す。

『実は……』

違うんです――真実を語ってくれる可能性はかなり高いのでは、と確信していた藤川だった

が、日向の反応は彼の予想を裏切るものだった。

「……こ、この人に間違いないです。それに、叫んでいた内容も昨日言ったとおり、『煩い』とかそういったことでした」

俯いたまま一気にそう告げると日向は、

「すみません、もう戻らないといけないんで」

と頭を下げ、藤川を押しやるようにしてバックヤードを出ようとした。

「君、日向君」

藤川が呼び止める声に被せ、廣瀬が声を発する。

「日向君はどんな集まりで店にいたのかな？」

「え？」

途端に日向の足が止まり、問いを発した廣瀬を振り返る。その顔が真っ青であることに気づいた藤川が尚も問いを発しようとしたとき、

「サークルです。失礼します！」

あきらかに『しまった』という表情となった日向は叫ぶようにしてそう言うと、バックヤードを駆け出していってしまった。

「追うか？」

その後ろ姿を呆然と眺めていた藤川は、廣瀬にそう問われ、我に返った。

「いや……」

追ったところで、あの状態では話を聞けるものではない。それより、と藤川は手帳を捲《めく》り、日向が所属しているサークルがなんだったかを確かめた。

「H大拳闘部……」

サークルではなく、大学公認の体育会の部だった。当時居酒屋にいた三組の予約客はこの拳闘部とJ女子大学経済学部のゼミ、それに近所の大型スーパーの店員たちの集まりでほぼ占められており、それ以外の客は数組しかいなかったということだった。

「……拳闘部、か」

不意にすぐ横で廣瀬の声がしたのに、いつしか一人の思考の世界に入り込んでいた藤川は、はっと我に返り彼を見やった。

「見るな」

手帳を覗き込んでいた彼を睨むと、廣瀬は、

「拳なんだよ」

と自身の拳を握り、藤川に示してみせた。

「え？」

何が拳なのかと問い返した藤川は、廣瀬の答えに、あ、と声を漏らした。

「凶器だよ。鉄パイプで殴打されているが、直接の死因となったのは鉄パイプによるものじゃ

ない。拳だ。その上から鉄パイプが何度も振り下ろされている。まるで拳で殴られたことが死因となったのを隠蔽するかのように」

「……そういうことか……」

あの日向という学生は、真相の極近いところにいたということか、と察したと同時に藤川は駆け出そうとした。

「待て」

が、廣瀬に腕を掴まれ、足を止めさせられる。

「なんだよ」

「彼から話を聞くにはもう少し材料を集めたほうがいいんじゃないか？　今の状態だと黙りを決められて終わりになる可能性が高い。先にH大の拳闘部について調べてみないか？　何かヒントが見つかるかもしれない。それこそ、『有名弁護士』を雇えるような人物が誰かということが」

「…………」

確かに廣瀬の言うことは正論である。だが正論と認めざるを得ないことに藤川はなぜかむっとしてしまうのだった。

しかし顔に出すのも大人げないし、といつしか縦皺が寄りそうになっていた眉間を解く。と、そのときポケットに入れていた携帯電話が着信に震えたのに、もしや、と予感を抱きつつ藤川はそれを取り出した。

「はい、藤川です」

非通知でかかってきた場合、発信元はおそらくここだろうと予測していたとおり、電話をかけてきたのは捜査一課の先輩、三ツ矢だった。

『今どこだ？　城に聞いても要領を得ない。どこをほっつき歩いている？』

「ほっつき歩いているわけではありません。今、立川です」

喧嘩腰になっているつもりはなかったのだが、藤川の答えを聞き、三ツ矢はあきらかに不機嫌になった。

『早く戻れ。林係長から呼び出した』

「H大に寄ってからではだめでしょうか」

『駄目』という答えを予測しつつも、一応聞いてみた藤川の耳に響いたのは、

『すぐだ！』

という三ツ矢の怒声と通話を切られたあとのツーツーという音だった。

「呼び戻されたらしいな」

三ツ矢の声は大きく、スピーカーホンにしなくても充分傍にいた廣瀬の耳にも届いていたようだった。

「……ともかく、H大に行ってみる」

戻ればどうせ叱責されることはわかっている。それなら調べられるところまでは調べて、それから帰ろうと藤川は心を決めたのだが、なぜか廣瀬は彼の決断に難色を示していることを主張して寄越し、ますます藤川を苛立たせた。

「まずは戻ったほうがいいんじゃないか？」

「関係ないだろう」

口出しするのはやめてほしいとの思いを口調に込め、言い捨てた藤川の腕を廣瀬が掴む。

「確かに関係はないが、呼び戻されたタイミングが今ということの意味を考えてみないか？」

「……え？」

言われた直後、藤川はその『意味』に思い当たり、

「あ」

と小さく声を上げていた。

「おそらく居酒屋の黒田が連絡をしたんだろう。彼らの口を封じた相手に」

「……そこから警視庁に連絡が……？」

それはつまり、と言葉を続けようとした藤川を、

「まあ、確証はないけどな」

と廣瀬は制すると、尚も言葉を続けた。

「それに今後のことを考えると、指示に従ったほうがいいと思う。下手をすれば謹慎処分を食

らって、それこそ捜査ができなくなる可能性だってあるだろう」

「……それはそうだが……」

彼の言うことはすべて、正論だ。しかし彼の言葉に従うことに抵抗がある。が、それこそ子供じみているか、と藤川は自分を律すると、しかけた反論を引っ込め頷いた。

「わかった。それじゃあここで」

失礼する、と会釈をし、駆け出そうとした藤川の腕を、再び廣瀬が掴む。

「今度はなんだ」

離せ、と腕を振り払おうとした藤川は、廣瀬の言葉に愕然としたあまり声を失った。

「俺も行くよ」

「はあ？」

何を言いだしたのか、と見やった先、廣瀬がニッと笑いかけてくる。

男くさい笑みは、はっと目を引くもので、珍しく藤川は更に言葉を失ってしまった。

「俺も興味あるんだ。自分の解剖所見を無視されたからな。事情を林さんに聞いてみたい」

「……しかし……」

「大丈夫。俺に考えがある。ともかく、捜査一課に向かおう」

ぱち、と魅惑的としかいいようのないウインクをすると、廣瀬は藤川の腕を離し、先に立って歩きだしてしまった。

「考えってなんだ？　おい」

　呼び止めても廣瀬が足を止める気配はない。

「…………」

　やはり虫が好かない。もやもやとした思いを抱きながらも、藤川が廣瀬のあとに続いたのは、監察医に対してむかつく、という個人的な感情などとは比べものにならないほどの気になることが他にあったためだった。

　先ほど廣瀬に言われた、電話がかかってきたタイミング、という件である。

　本当に居酒屋の店主、黒田からの連絡が理由だろうか。だとすれば警察も何者かの圧力に屈していることになる。

　そんなことがあっていいのか。いいわけがない。しかし、そうとしか思えない状況となっているのは事実である。

　警察官の一員として、真実がねじ曲げられようとしているのが現実とは考えたくなかった。いつしか激しく首を横に振ってしまっていた藤川は、振り返った廣瀬に声をかけられ、我に返った。

「車にしよう。高速を飛ばせば早い。この時間なら渋滞もないだろう」

「あ……ああ。そうだな」

　頷き答えた声が上擦《うわず》ってしまったことに気づき、藤川は唇を噛んだ。

「………」

廣瀬は一瞬、何かを言いかけたが、すぐに前を向くと、ちょうど前方からやってきた空車のタクシーに手を挙げ、停めた。

「さあ」

先に乗れ、と促され、藤川は後部シートの奥へと乗り込んだ。続いて廣瀬が乗り込んでくる。行き先を告げたのは藤川だった。車中には沈黙が訪れ、藤川は廣瀬が何か聞いてくるのではと身構えていたが、彼が口を開くことはなかった。

何を考えているのか、とちらと横を見ると、自分とは反対側の車窓を眺めており、顔はよく見えなかった。

拍子抜け、というわけではないが、なんとなく溜め息を漏らした藤川の身体から力が抜けた。彼もまた後部シートに背を預け、廣瀬とは逆側の車窓を警視庁に到着するまで見つめ続けた。

高速も空いていたため、車は四十分ほどで目的地に到着した。

「本当に来るのか？」

自分のあとに続こうとする廣瀬を肩越しに振り返り問いかけると、廣瀬は当然のように、

「ああ」

と頷き、ニッと笑った。

この笑いにはやはり、目を奪われるな、と敢えて目を逸らしながら藤川は思ったのだが、そ

の理由を考える余裕は今の彼にはなかった。

捜査一課のある階に降り立ったとき、焦っていたせいもあり、ちょうどエレベーターを待っていたらしい長身の男とぶつかりそうになったため、藤川は足を止めその男に頭を下げた。

「失礼しました」

「いや」

短く返事をした男は、エレベーターに乗り込むと思ったにもかかわらず、その場に立ったままでいる。どうしたことか、と藤川は顔を上げた。

「あ」

思わず藤川の口から小さく声が漏れたのは、目の前にいた男が見知った人物であったためだった。

「君は……」

見るからに上質なスーツをすらりとした長身に品良く着込んでいる。細身に見えるが、服の下に逞《たくま》しい筋肉が隠されていることを藤川はよく知っていた。

縁無し眼鏡をかけた顔は、端整であるだけでなく、理知的に見える。よく顔を合わせていたのがもう二十年は前になるので、当時のように『青年』とはいえない年代ではあるものの、凛々《りり》しい目元や精悍な印象はあまり変わりがない。

「……久城《くじょう》……さ……」

当時のように『久城さん』と呼びそうになり、慌てて藤川は記憶にある今の役職で呼び直した。

「失礼しました。久城参事官」

「はは、堅苦しいことはいいよ。久し振りだね、藤川君」

「覚えていてくださいましたか！」

自分にとっては『恩人』であるため忘れるはずもないが、久城の記憶に残っていたとは、と藤川は今、感激してしまっていた。

「警察官になったことは神田《かんだ》師範から聞いていたよ。最初の配属は確か、立川署だったか。捜査一課に異動になったんだったね。念願かなって、かな？　おめでとう」

「ありがとうございます……っ」

異動まで把握していてくれたとは。ますます感激を新たにしてしまっていた藤川に対し久城は、

「期待しているよ」

とその肩を叩いたあと、ちら、と傍《かたわ》らにいた廣瀬に視線を向けたものの、声をかけることなくエレベーターのボタンを押した。箱はまだその階に留まっていたようで、すぐに扉が開き、久城は中に乗り込んでいった。

「ありがとうございます」

深く頭を下げ、久城を見送る。

「……知り合いか？」

黙って様子を見ていた廣瀬に声をかけられたときには、藤川はまるで夢の世界から現実へと引き戻されたような印象を持った。

「………あ……ええと……知り合いと言っていいのか……」

未だ夢見心地でいた藤川だったが、ポケットの携帯が着信に震えたのに慌てて取り出す。

「藤川です」

『今、どこだ？　何をしている』

電話をかけてきたのは上司の林だった。

「申し訳ありません。もう到着しています」

苛立った声を上げる林に、すぐに向かいます、と告げて電話を切り、慌てて足を進める。

「今の、知り合いか？」

と、あとを追いながら廣瀬が、先ほどと同じ問いをしかけてきた。

「あとで話す」

今は林のもとに急がねばならないのだ、と先を急ぐ藤川はそう言うことで話を終わらせようとしたのだが、なぜか廣瀬は粘ってきた。

「参事官と言ったたな」

「だから……」

あとで話すと言っただろう、と言いかけたところで藤川は己の勤務先である八係に到着し、林のデスクへと近づいていった。

「申し訳ありません。今、戻りました」

「……現場へは廣瀬先生と行ったのか？」

林はすぐに廣瀬に気づき、眉を顰めつつもそう藤川に問うてきた。

「はい」

藤川が頷く横から、廣瀬がずい、と前に出て喋り始める。

「林係長、申し訳ありません。私が我儘《わがまま》を言いました。解剖所見と自首してきた容疑者の供述がどうも食い違っているように思えて、それで着任したての藤川さんに事件関係者に会わせてほしいと直談判を」

「おい」

いきなり何を言いだしたのか、と藤川が驚いている間にも、廣瀬は喋り続けていた。

「凶器は鉄パイプではなく、人の拳です。鉄パイプの殴打痕には生体反応がありませんでした。拳で殴った痕を誤魔化そうとした可能性大です。自首してきた男はその鉄パイプを持っていたというので疑問を覚え、結果を教えに来てくれた藤川さんに無理を言ってしまったんです。ご迷惑をおかけし申し訳ない。藤川さんにも申し訳なかった」

謝罪する、と林と自分にそれぞれ深く頭を下げてきた廣瀬を前に、いつまでも唖然としてはいられない、と藤川は口を開こうとしたのだが、察したらしい廣瀬に封じられてしまった。

「そういうわけなので藤川さんを叱らないでやってください。それじゃ、私はこれで」

再び頭を下げ、廣瀬がその場を立ち去っていく。

「………」

彼がついてきたのは自分を庇うためだったというのか。なぜ？　庇ってもらう理由など一つもない。

「廣瀬先生にも困ったものだ」

やれやれ、と溜め息交じりに告げられた声に誘われ、顔を見やった藤川に林は、

「三ツ矢と一緒に聞き込みに行ってくれ」

そう命じると、早く行け、と目で三ツ矢のほうを示してみせた。

「聞き込み、というと……」

どこへ、と問おうとした藤川に、場所を告げたのは三ツ矢だった。

「新宿《しんじゅく》のホストクラブで従業員が殺された。俺らは被害者の母親に話を聞きに行く」

「……別の事件、ですか」

当然、沢木の事件の裏付け捜査と考えていた藤川は思わずそう、告げてしまっていた。そんな彼に対し三ツ矢は淡々と、

「そうだ」

と答えるのみに留めると「行くぞ」と先に立って歩き始めた。

「三ツ矢さん」

本人からの要望で『先輩』でも役職でもなく、『さん』づけで呼びかけた先、三ツ矢が振り返り藤川を見る。

「なんだ」

「沢木は送致されるということでしょうか」

問うてくれるなと彼の目が語っていたのをわかりながらも、問わずにはいられず口にした藤川から、三ツ矢はすっと目を逸らし、答えを告げた。

「ああ。裏付けも取れたしな」

「そう……ですか」

あれで『裏付けがとれた』と言えるのだろうか。おざなりな捜査だったことは三ツ矢もわかっているはずである。

やはりどこからか圧力がかかっているということだろうか。しかしどこから？　殺された男について、どういった人物だったかを思い起こしていた藤川に、三ツ矢が苛立った声音で話しかけてくる。

「ともかく、あの件はもう終いだ。今の事件に集中しろよ」

「わかりました」

頷きはしたものの、藤川は心の中で、わかるはずなどない、と密かに息巻いていた。

被害者は前田和也《まえだかずや》というH大の学生だった。友人三人で飲んでいたうちの一人で今年卒業予定だったという。沢木は前田とは初対面だったと話しており、実際、二人の間に繋がりは見えてこないと捜査会議では発表されていた。

酔った勢いもあり、カッとなって殺してしまった、というような事件は、言い方は悪いがありふれたものである。この件もそんな『ありふれた』事件の一つであるのかもしれないが、あらゆる点に不自然さがあるとしか思えない。

自首をしてきた人間が犯人ではないとなると、誰かを庇っているということになる。一体誰を庇っているのか、果たして探る手立てはあるか、と考え込んでいた藤川は、不意に三ツ矢に声をかけられ、はっと我に返った。

「そういやお前、久城参事官とはどういう知り合いなんだ？」

「はい？」

思いもかけない問いかけに、藤川は戸惑いの声を上げた。

「いや、さっきお前を訪ねてきたからさ」

「俺を？」

問い返した藤川の脳裏に、先ほど顔を合わせたばかりの久城の長身と、その顔に浮かんでいた優しげな笑みが蘇る。

「なんだ、知り合いじゃないのか？」

　三ツ矢に訝しげな声を上げられ、藤川は慌てて答え始めた。

「知り合いと言っていいのか……子供の頃、誘拐されそうになっていたところを、当時勤務地が近くだった久城さんが気づいて助けてくださったんです」

「え？　そういう縁なのか？」

　三ツ矢が驚いたように、細い目を見開く。

「普通に知り合いなのかと思っていたよ」

「会話を交わしたのは、二十……ええと二十一年前以来です。ウチの親に、俺を道場に通わせたらどうかと、自分の通っていた道場を紹介してくれたんです。その頃はよく道場で顔を合わせましたがそれ以降はまったく……。道場の師範から久城さんのことは色々聞いていましたが、ご本人にお会いしたのは二十一年ぶりです」

「会ったんだ？」

「はい、先ほど廊下で」

「そうか、二十一年ぶりか……」

　感心した声を出す三ツ矢に、藤川もまた感慨深く思いつつ、頷いていた。

「俺にしてみたら恩人なので勿論、久城さんの名前は覚えていましたが、まさか認識してくれていたとは思いませんでした」

「凄い記憶力だよな」

ますます感心した声を出す三ツ矢に、確かに、と頷いた藤川だったが、もしや道場の神田師範から捜査一課に配属になったことを最近、聞かされたのかもしれないなという可能性に気づいた。

普通に考えればそうだろう。二十年も前に助けた子供の名前や経歴など、把握しているわけがない。きっと最近、神田師範と会う機会があり、その際、噂話《うわさばなし》の一つとしてでも自分のことを聞いたのだろう。神田師範の道場には今も時間があるときには通っているし、警視庁に勤めたことも、所轄から本庁に異動になったことも報告している。

加えて神田師範には、なぜ警察官になりたいと思ったのか、その理由も明かしてあった。そんな彼が久城に自分のことを話さないわけがない。

なるほど、そうだったのか、と一人頷いていた藤川は、三ツ矢に声をかけられ思考の世界から意識を戻した。

「それより、聞き込みだ。事件のことは聞いたか？　ホストが殺された件だ。被害者の母親に話を聞きに行く」

「あ、はい。あの」

三ツ矢はどう考えているのか。やはりそれがどうしても知りたくて藤川は改めて彼に問おうとした。

「なんだ？」

「沢木の件なんですが……」

しかし沢木の名を出した途端、三ツ矢はきっぱりと会話の継続を拒絶してみせ、藤川になんともいえない思いを抱かせたのだった。

「これから聞き込みに行くのは別件だ。事件について説明する」

「………」

複雑な感情が胸に渦巻いていたため、返事が遅れた。ほんの数秒の遅れだったが、ふと訪れた沈黙が、ぼそ、と呟いた三ツ矢の声を藤川の耳に届ける。

「お前が言うなよな」

「……え？」

今の三ツ矢の言葉の意味は？　思わず声を漏らすと、三ツ矢は咳払いをし、何事もなかったかのように喋りだした。

「被害者の名前は浅田幸夫《あさだゆきお》。源氏名《げんじな》はユウジ。二十四歳だ。自分のマンションで亡くなっているのが今朝発見された。絞殺だ。容疑者は同居している後輩ホストと彼の指名客のホステス。母親に話を聞きに行くのは、被害者が母親と密に連絡を取っていたことがわかったから。だいたいわかったか？」

「……はい。ありがとうございます」

これ以上、問うたとしても答えは得られない。別に話を振られて終わりだろう。しかし先ほどの彼の言葉はどういうことなのだろう。

『お前が言うなよな』

俺が何を言ってはいけないんだ――？

思わず口から零《こぼ》れ出た、といった感じで、これに対しても突っ込んで聞いたところで教えてもらえる気がしない。何か、違和感があるのだが、その違和感の正体に未だ到達できていない。

ともあれ、今は新しい事件に意識を集中させるより他はない。溜め息を漏らしかけた藤川の脳裏に、なぜだかふと、廣瀬の顔が浮かんだ。

『藤川さんを叱らないでやってください』

なぜ彼は、庇ってくれたのだろう。叱責覚悟であったのに、それがされなかったのは彼のおかげである。

しかしなぜ？　首を傾げかけた藤川の耳に、三ツ矢の声が刺さる。

「なに、ぼんやりしているんだ。行くぞ」

「はい。申し訳ありません」

確かにぼんやりしていた自覚があるだけに、藤川は頭を下げ三ツ矢のあとに続いたのだが、相変わらず彼の頭の中には、いくつもの『なぜ』が溢《あふ》れていたのだった。

7

「京さん、警視庁で林係長に怒られたって本当ですか？」

法医学教室に戻ると、城からでも聞いたのだろう、後藤が心配そうに問いかけてきた。

「監察医、クビになったらどうするんです」

「別にどうもしないし、クビにもならないよ」

これ以上、動かなければ、と心の中で言葉を足した京の頭に、昨日司法解剖した男の遺体が蘇る。

「ちょっと見てくる」

やはり彼の死因は拳で殴られたことであって、鉄パイプはそれを隠すために振り下ろされたものとしか考えられない。それを確かめるべく、遺体安置所に向かおうとした京に、後藤が声をかけてきた。

「僕もいいですか？」

「…………」

断ることもない、と京は頷き、後藤と連れ立って再び昨日の遺体の『声』を聞くべく法医学教室をあとにした。

「被害者はH大の学生でしたね。就職浪人しそうな仲間で飲んでいた。自棄酒《やけざけ》だったんですかね。酔って騒いだところをサラリーマンに注意され、キレて小突いた、という経緯だったと城君から聞いてます」

「……その小突いた男に待ち伏せされ、殴られた……殺意はあったのか。なかったのか。鉄パイプだと殺意あり、拳だと殺意なし――は言いすぎだが『弾み』の可能性大……か」

遺体を眺めながら京が呟いていたのは、後藤に話しかけているというより独り言ではあったのだが、それにきっちり後藤は答えて寄越した。

「容疑者……ああ、もう『犯人』と言われてるんですかね。印刷会社の契約社員とのことです。飲んでいたのは一人で。日中、むかつくことがあってこちらも自棄酒だったとか」

「それも城君情報か？　城君、なんでも教えてくれるんだな」

刑事としてそれでいいのか、と首を傾げながらも、それなら、と後藤に問うてみる。

「カッとしやすい性格だったのか？　その男は」

「それがなんとも。印刷会社に勤務してまだ一ヶ月だったので職場の人に聞いても人となりなどわかるものでもなく。でもって、知人友人を探したんですけど、あまり『親しい』といえる人は見つからなかったそうで」

「いくつだっけ？」

「二十四歳。両親も亡くなっていて、身内から話を聞くこともできませんでした。大学時代と前の職場の同僚に話を聞いたそうですが、皆、印象に残っていないと、たいした証言はとれなかったそうです」

「逮捕歴は？」

「『なし』だそうです。聞き込みをかけた相手は、皆、驚いていたって。人柄をたいして知っていたわけではないが、大人しくて真面目な印象しかなかったからって」

「……大人しい人間が豹変《ひょうへん》することはないこともないが……」

それにしても、と京は遺体の顔を見下ろした。

二十歳そこそこの若者が死ななければならなかった理由はなんなのか。

騒いだことが気に入られず、待ち伏せをされて撲殺された。就職が決まってなかったというが、彼の前に開けていたのが輝かしい未来だったことに変わりはない。

遺体の声に耳を傾け、聞こえてきた答えは『殴り殺された』というものだった。鉄パイプではない。

となると――。

「自首してきたその人、本当に犯人なんですかねえ」

そうは思えないけれど、と溜め息交じりに告げた後藤の言葉は、まさに今、京が考えているものだった。

「何か見落としがないか、もう一度調べよう」

後藤にそう声をかけ、改めて遺体と向かい合う。一つとして死者が発する『最期の声』を聞き逃すまいと遺体を見つめる京の脳裏にはそのとき、藤川と共に話を聞いて回った際に見た、罪悪感としかとれない感情が貼り付いていた男女の顔が浮かんでいた。


その日、京が法医学教室を出たのは午後十一時を回った時刻となった。飲みに行くことを狙ったのか、後藤は九時過ぎまで粘っていたが、やがて京にその気がないことがわかったようで、「お先に失礼します」

と帰っていったあとには、一人、被害者のあらゆるデータを引っ張り出し、隅から隅までチェックすることで見落としがないか、確かめていたのだった。

これといった成果がないことに、珍しく落ち込んでいた京は、気持ちを切り換えるためにも一旦、帰宅をしようとし、法医学教室をあとにした。

まだ電車は動いている。夕食は学食でとったものの、少し腹が減ったから、まだ開いていそうな店で軽く食べて帰ろうか。

そんなことを考えながら、正門は既に閉まっていたため裏門から出ようとしていた京の視界に、思いもかけない人物の姿が飛び込んできた。

「廣瀬先生」

「………藤川君」

まるで京を待ち伏せしていたかのように、裏門の外で仁王立《におうだ》ちになっていたのはなんと、藤川だった。

街灯の明かりの下、彼の白い顔が輝いて見える。美人は朝昼晩、いつ見ても美人ということか、と、本人に知られたらむっとされることが確実な感想を抱きつつ、京は藤川に近づいていった。

「もしかして俺を待ってたのか?」

それ以外に、彼がここにいる可能性はないとはわかっていたが、一応問うてみると、果たして、藤川は幾分憮然《ぶぜん》とした表情ながらも、頷いてみせた。

「……やはり、前田さんの件で?」

用件もまた、問うまでもなかったが聞いてみると、藤川は大きく頷き、ようやく口を開いた。

「時間、ありますか?　話を聞きたいんですが」

「わかった」

即答したのは、藤川の美しい瞳の中に、切羽詰まった光を見出したからだった。何かよくない予感がする、と京は頷くと、

「遅くまでやっているバーがあるが、そこでいいか?」

と藤川に問うた。

「どこでも。話ができさえすれば」

相変わらず藤川には一ミリの愛想もない。それだけ切羽詰まっているということだろうと思いながら京は、駅近くにある馴染みのショットバーへと彼を連れていった。

「いらっしゃい」

店内は薄暗く、いつものように客は誰もいなかった。京がこの店に通うようになってかなりになるが、今まで先客がいたことも来店中に他の客が入ってきたことも、数えるほどしかない。それもこれも、と京は声をかけてきた店主にしてバーテンダーの夏男《なつお》に向かい、「ここ、いいか?」とドア近いカウンターを示してみせた。

「勝手に座ればいい」

夏男がぼそりと言い捨て、そっぽを向く。

客がいないのは愛想のなさすぎる経営者のせいだった。加えて容姿がまた恐ろしい。白シャツにベストというバーテンダーの服装をしているのだが、ガタイがいい上、顔もいかついためにどこの用心棒かと見る人をぎょっとさせる。

こうも客が来なくて大丈夫なのかと心配したこともあるが、数年来、潰《つぶ》れることもなく営業できているところを見ると採算は取れているだろう。

既に顔馴染みではあるものの、会話を交わしたことは数回しかない。『夏男』という名を知ったのも、数少ない先客が呼びかけていたためで、『夏』というより『冬』という雰囲気だと思いはしたが、それを本人に伝えたことはなかった。

ポーカーフェイスとでもいうのか、滅多に表情を変えない彼が、藤川を見てどんなリアクションを示すか。京には少し興味があったのだが、夏男の反応は予想に反して薄かった。

「どうぞ」

京と、あとから店に入った藤川をちらと見たきり、いつものように目を伏せる。注文を向こうから聞いてくれることはまずないという彼の接客態度が客足を遠のかせているのだと思いつつ、京は自分の隣のスツールに座った藤川にメニューを差し出した。

「何にする？」

「ジントニック」

即答した藤川に、京は内心、へえ、と感心した声を上げていた。初めて訪れたバーでバーテンダーの腕前を見るのに適しているカクテルということを知っているのだろうか。それとも単にジンが好きなのか。

同じことを考えたのか夏男もちらと藤川を見る。だが彼の目はすぐに伏せられ、相変わらず表情が変わることはなかった。

「じゃあ俺はマティーニで」

夏男にオーダーすると、返事をすることもなく淡々と注文の酒を作り始める。

「営業時間は何時までなんだ？」

間が持たないと感じたのか、藤川が京に声をかけてきた。

「二時か三時まではやっているようだ」

「そうか」

事件について話さないのはどうやら、夏男の存在を気にしてのことらしい。それを感じたのか夏男は二人の前にカクテルを置くと、そのまま店の奥へと消えていった。

「無人にしていいのか」

藤川が呆れた顔になり京に問うてくる。

「気を遣ってくれたんだろうよ。それじゃ、乾杯」

夏男は無愛想ではあるが、こうした空気はよく読めるのだった。それゆえ静かに一人で飲みたいときと内密な話があるとき、京はこの店を利用するのを常としていた。

「……乾杯」

藤川が小さく答え、グラスを合わせてくる。二人して暫《しばら》く無言で飲んでいたが、やがて藤川が沈黙を破り話しかけてきた。

「よく来るのか？　この店」

「ああ。一人で飲みたい気分のときに」

「一人で？」

何が引っかかったのか、藤川がここで問いを発した。

「どういうときに一人で飲みたくなるんだ？」

「え？　ああ……」

藤川としては会話のきっかけが欲しいだけであり、さして興味があるわけではないとわかってはいたが、京は真面目に答えることをなぜか咄嗟に選んでいた。

「痛ましい亡くなり方をした遺体と向かい合ったあととか……かな」

「………」

藤川は一瞬、何かを言いかけたが、結局は何も言わずにグラスを呷《あお》ると、

「おかわりが欲しいときはどうすればいいんだ？」

と京に問うてきた。

「すみません」

京が店の奥に声をかける。と、すぐに夏男が姿を現し、藤川の前に立った。

「あ、すみません。同じものを」

「はい」

夏男が短く答え、新たなグラスに氷を入れ始める。相変わらず丁寧な作り方だ、とジントニックを作る、ごつい外見に似合わぬ綺麗な指先を京と藤川、二人して見つめている間はまた、

会話が途切れた。

できあがったジントニックのグラスを藤川の前に置くと、夏男は会釈もせずそのまま店の奥に消えた。

「席を外してくれているのか?」

敢えて確認してきた藤川に、京は「多分」と頷き、

「それより」

と来訪の理由をここで改めて問うてみた。

「……例の事件、沢木の——自首をしてきた男の供述が変わった。拳で殴ったあと、倒れたところを鉄パイプで殴りつけたと」

「解剖所見に合わせてきたということか」

なるほどね、と京はマティーニを呷った。もう一杯、飲みたくはあったが、まずは会話の継続を選び、問いかける。

「その沢木という男は、人を殴り殺せそうか?」

「鉄パイプだって無理があるのでは、というのが個人的見解だ。服の上からしかわからないが筋力はなさそうだった。殺された前田のほうは結構ガタイはよかったよな」

逆に問うてきた藤川に京は「ああ」と頷き、城から聞いた話の確認を取ってみることにした。

「前田は四年の今、内定が取れていない仲間たちと飲んでいたんだよな。彼らから証言は何か

とれてないのか?」

「……城は本当に先生に心酔してるんだな」

情報の出所を即座に察したらしい藤川が不快そうな顔になったのを機に、一旦インターバルを置こう、と店の奥に声をかけ、夏男を呼んだ。

「俺も次はジントニックにしよう」

「はい」

夏男が頷き、酒を作る。と、今度は沈黙することなく、藤川が話を振ってきた。

「君のところの後藤君、だっけ?　彼とはここに来たりするのか?」

「来ないよ。あんな騒がしい奴とは」

教えれば入り浸るに決まっているので、京は後藤にだけはこの店の存在を知らせまいと思っていた。それで思わず噴き出してしまったのだが、それを聞き、今まで喋らなかった夏男がぼそ、とここで呟くようにして声を発し、京を、そして藤川を驚かせた。

「後藤さん、お一人でよくいらっしゃいますよ」

「え。そうなのか?」

京が問い返したと同時に夏男は彼の前にグラスを置くと、そのまま店の奥へと戻っていった。

「よく今まで鉢合わせしなかったもんだ」

思わず呟いた京の横で、藤川がぷっと噴き出す。

「ストーカーみたいな男だな」

「後藤が？　誰の？　ああ、俺か？」

意外な言葉に驚き、問い返したと同時に答えを察した京は、

「偶然だろう」

と笑って流すと、改めて先ほどの会話の続きをしようと働きかけた。

「後藤にも注意をしておく。城君と仲が良いことについては口出ししないが、立場はわきまえろ、と」

「俺からも城には言っておこう」

藤川は笑顔で頷いたあとに、京が聞こうと思っていた話をし始めた。

「前田さんと一緒に飲んでいたのは柳《やなぎ》さんと大橋《おおはし》さんという同級生だった。彼らから得られた証言もまた、沢木の供述どおりのものだった。三人して騒いでいたらサラリーマン風の男に注意をされ、被害者、前田さんがその男を小突いた。しかし男の顔はよく覚えていないという。二人とも、判で押したように同じ供述内容だ」

「そうか……」

やはり何かしらの力が働いているのか、と頷いた京に対し、藤川が言葉を続ける。

「気になることがある。その飲み会には参加していないが、やはり内定を得られていない前田

さんの友人が彼から意味深なことを聞いたと城が聞き込んできた」

「意味深？　どういった？」

問いかけた京の耳元に心持ち唇を寄せるようにし、顰めた声で藤川が告げる。

「前田さんはマスコミ、特にスポーツ紙志望だったが全落ちしたそうだ。が、一発逆転、上手くすると就職できるかもしれないと、このところ浮かれていた、と」

「一発逆転？　強力なコネでも見つけたのかな」

そのくらいしか思いつかない、と首を傾げた京の耳に更に口を近づけ、藤川が囁く。

「スクープを入手した、と。それを手土産にすれば入社できるのではないかと言っていたそうだ」

「……っ」

言葉と共に藤川の息が耳朶《じだ》にかかり、背筋にぞわ、とした感覚が走る。びく、と身体が震えてしまったことに気づいたのか、藤川はすぐさま身体を離し、じろ、と京を睨んで寄越した。

「耳、弱いんだよ」

右手で囁かれたほうの耳を覆いつつ、京は苦笑し藤川を見やった。

「ふざけないでくれ」

ますます藤川が不機嫌な表情となるのを前に、参ったな、と京は内心溜め息を漏らした。

別に『ふざけた』わけではない。あまりに無防備に身体を寄せられ、耳元に囁かれたことに動揺してしまっただけなのだが、それを伝えれば更に藤川の機嫌は悪化するだろうとわかっていたため、言葉を濁したのだった。

同時に京は、『顔が綺麗』というのもまた、いらぬ苦労を生むのだな、と改めて知らされていた。これがたとえば後藤や青木であったら、いくら身体を寄せられようが、耳元で囁かれようが、ドキリとはしない。

今、下心があったかと問われたら即座に『ない』と答えられるが、それでも他の同性に対するのとは少し違う感覚を抱いてしまったのは事実であるため、取り敢えずは謝罪せねばなるまいと、京は頭を下げた。

「悪かった。ただふざけたわけじゃない。身体が勝手に反応した」

「……っ」

途端に嫌悪感丸出しの顔になった藤川に、

「そういう意味じゃなく！」

と慌てて言い訳を始める。

「変なこと考えたわけじゃないし、変な気持ちにもなってない。勝手にぞわっときた、というだけだ。気にしないでくれ」

我ながら必死だなと、京は一瞬、我に返った。なぜこうも必死で言い訳をしているのか。確かに、変な誤解を受けたくはないが、にしても必死すぎないだろうか。

我に返ると同時に言葉が止まる。と、ここで藤川が、ぷ、と噴き出した。

「逆に気になるだろ。そんなこと言われたら」

「……まあ、そうだよな」

どうやら藤川の機嫌は直ったようである。やれやれ、と密かに溜め息を漏らした京の横で空になりつつあるグラスを眺めながら、藤川がぽつりぽつりと話を始めた。

「……誰も彼もが自分を変な目で見ているとか、そんなこと考えるほど俺は痛い奴じゃない……はずなんだが、たまに勘違いをしてしまいそうになる。今みたいに」

「……それだけ『変な目』で見られてきたってことなんじゃないのか？　だとしたら仕方ないだろう」

ぼそぼそと続ける藤川の言葉を、京が遮ったのは、このあと彼がするのは自分への謝罪だろうとわかっていたためだった。

お互い、謝らねばならないことなど一切していない。気を遣いすぎるのはやめよう、という意思表示だったのだが、どうやら藤川はそんな京の気持ちをきっちり受け止めてくれたようだった。

「……ああ」

小さく頷くと、またふっと笑ったあと、再び真面目な表情を作り、事件の話へと話題を戻した。

「前田さんが掴んだという『スクープ』が気になる。それをネタに就職ができるのではと彼は考えていた。どんな『スクープ』だと思うか?」

「……そうだな……」

話題がさらりと戻ったことに感心しつつ、京は前田の掴んだ『スクープ』について考え考え、答え始めた。

「犯罪に関するネタである可能性は低そうだ。いくらスクープになっても、なぜ警察に届けなかった、とモラルを疑われたら逆効果だからな」

「犯罪性のないネタ……芸能人のスキャンダル、とか?」

藤川も頭に浮かんだらしい案を口にしたが、直後に、

「大学生がどうやってそんなスクープを手にしたかという話だよな」

と己の案を引っ込めた。

「就職と引き換えになるようなネタとなると、芸能スキャンダルは弱いかもな」

京もまた頷いたあと、それではどんな『ネタ』であれば入社を勝ち取れるだろう、とそれを考え始めた。藤川も同じことを考え始めたらしく、その考えを口にしながら思考を進めていく。

「社会に対する問題提起……といったものじゃないかな。しかしただ問題提起するだけの記事なら、就職の引き換えにはならないだろう。やはり何かしらの事件性は必要だ。しかしどんな事件だ?」

「犯罪行為ではなく、かつ、大学生の知り得る、または調べ得るようなネタ……」

なんだろう、と唸《うな》る藤川に対し、頭に浮かぶがまま、京は『ネタ』を上げ続けた。

「大学の不正は？　裏口入学とか、大学予算の着服とか」

「可能性はあるだろう。しかし前田さんに調べられるようなネタだろうか」

「裏口入学は、友人が酔った勢いでカミングアウト……という可能性はありそうだな。しかし、そのネタで出版社だか新聞社だかの就職を手にできるとはちょっと思えないな」

うーん、と藤川が唸るのに、確かに、と京も頷いた。

「裏口入学をした人間が、有名人とかなら『あり』かもしれない。本人か、もしくは親の社会的地位が物凄く高いとか」

「ああ、それはありそうだ」

藤川が笑ったために、彼の顔がぱっと輝いたように見え、京は思わず見惚れそうになった。

「そんな『有名人』が校内にいるかどうかを明日、調べてみよう。ああ、もし有名人もしくは著名人の息子がいたとしたら、裏口入学に限らないな。何か犯罪にかかわった証拠でもあれば充分、ネタにはなる」

光明が見えてきた、と喋り続ける藤川の瞳はキラキラと輝き、頬はうっすらと紅潮して目を奪われずにはいられなくなる。

まったく、美貌というのはやっかいだ、と内心溜め息をついていた京の横で、

「そうだ」

と藤川はポケットからスマートフォンを取り出した。

「H大、有名人で検索してみよう。まあ、簡単に見つかるとも思えないが」

「俺も検索してみる」

このままでは藤川の顔に見入ってしまう、と京も自身のスマートフォンを取り出した。同じ言葉で検索するのも何かと思ったこともあって、最近のニュース関連で探してみることにする。

H大の生徒がかかわった事件があったのでは、と考えたのだが、ニュースになっていれば新聞社に売る『ネタ』にはならないか、と途中で気づき、検索ワードを変え、やり直そうとした京の視界に、『拳闘部』の文字が過った。

「あ」

拳闘部といえば、あの居酒屋に居合わせた団体も確か、拳闘部だったはずだ。そう思い、記事を読もうとした京の手元を、隣から藤川が覗き込んでくる。

「何か出てきたか？」

「いや、『拳闘部』関連のニュースがあったから……」

顔が近い、とそれだけで焦りを感じている自分に戸惑いつつも、京は選んだリンクをタップし、内容を読み始めた。

「なんだ、今年の全日本学生チャンピオン決定戦で、H大の学生がチャンピオンになったとい

う ニュースか」

開いてみたが、犯罪に関係するとは思えない、画面を閉じようとした京の手を、藤川が掴む。

「え」

ドキ、と鼓動が高鳴り、京は動揺のあまり思わずその手を振り払いそうになったが、食い入るように画面を見つめる藤川に気づき、何事か、と彼もまた自身のスマートフォンを見やった。

「チャンピオンになったのは、H大拳闘部の海音寺《かいおんじ》勇作《ゆうさく》君二十二歳って、もしかしてあの海音寺勇人《ゆうと》の息子なんじゃないか?」

藤川の言葉を聞き、京の頭に『著名人』かつ『社会的地位の高い』海音寺勇人の顔が浮かんだ。

「可能性は高いよな。一文字違いだし」

海音寺勇人は、日本人なら誰もが知っていると思われる著名な政治家だった。代々代議士の家系で勇人の父、清人《きよと》は総理大臣も務めたことがある。

その息子が拳闘部で今年学生チャンピオンになった。彼は事件当日、拳闘部の飲み会があったというあの居酒屋にいたのだろうか。

そう思いながら記事にある写真を見ようとした京の手からスマートフォンが消えた。

「おい」

藤川が奪い取ったからだということはすぐわかり、何をする、と言いかけた京だったが、食い入るように画面を見つめる藤川を前にしては何も言えなくなってしまった。

「……似ている……気がする。背格好も、顔立ちも……」

自分に言っているというよりは、独り言のような口調で呟く京の、完璧としかいいようのないほど整った横顔に、気づけば京はまじまじと見入ってしまっていたのだった。

8

「『似ている』って誰が誰に似ているんだ?」

呆然とした状態でスマートフォンの画面に見入っていた藤川は、廣瀬の問いかけにはっと我に返った。

「……ああ、悪い」

いつの間にか彼のスマートフォンを奪い取ってしまっていたことに改めて気づき、謝罪しながらそれを返す。

今、気づいたことを廣瀬に言うべきか。彼が見つけてきたネタなのだから明かすべきだとは思うが、事件の捜査にかかわることをたとえ監察医だとしても外部に漏らしていいのかと、藤川は躊躇《ちゅうちょ》してしまっていた。

「……言えないのなら別にいいよ」

一瞬の間であったはずなのに、廣瀬は藤川の心を読んだらしく、苦笑するように笑うとスマートフォンを内ポケットに仕舞い、笑いかけてきた。

「ところで、もう一杯飲むか? それとも、今夜はもう帰るか?」

問うてきた廣瀬に対し、藤川はなんと答えようか迷ったあとに、

「次は別のを頼むことにする」

と告げ、彼が声をかけるより前に、店の奥にいると思しきバーテンダーに向かい、

「すみません！」

と声を張り上げた。

バーテンダーはすぐに登場し、無言で藤川の前に立った。

「ドライマティーニを」

「はい」

藤川はジンベースのカクテルを好んでいたのでこのチョイスとなったのだが、そういえば廣瀬が最初に頼んでいたのはマティーニだったか、と思い出した。

彼もまたジンベースが好きなのだろうか。そう思い見やった先では廣瀬が、

「俺はまたマティーニにする」

とオーダーしていた。

「好きなんだ？」

興味を覚える、というほどでもなかったが、会話の接《つ》ぎ穂《ほ》にしようと問いかける。

「好きだけど、別にマティーニばかり飲んでいるわけじゃないよ。ねえ？」

廣瀬が笑いかけた先にはガタイのいい、そして無愛想なバーテンダーがいたが、彼は廣瀬に

対し、

「はい」

と頷いたきり、酒を作り始めてしまった。

「………」

彼の顔はどこかで見たことがあるような、と、カクテルを作るバーテンダーの顔を凝視していた藤川に、廣瀬が声をかけてくる。

「新しい職場にはもう、慣れたかい？」

「……まあ、ボチボチ、かな」

唐突な問いに戸惑いながらも答えた藤川だったが、余計なお世話だ、ということにはあとから気づき、答えてから少々むっとした。

「気に障ったら悪かった」

顔に出したつもりはなかったのに、廣瀬はすぐに気づき、頭を下げてくる。

「別にそういうわけじゃないが……」

刑事かよ、という勘のよさに半ば感心し半ばうざったく思いながら藤川は、自分が干渉されたくないのならこちらから問いかけてやればいいのだと今更のことに気づき、質問を始めた。

「先生は？　監察医の仕事を始めてどのくらいになるんだったか」

「はは、『先生』はいいよ。廣瀬だ」

廣瀬はまた苦笑しそう言ったあとに、

「もう二年経つかな」

と藤川の問いに答えてくれた。

「慣れた？」

そういや前にも聞いたのだった。そう思いながらお返しのつもりで問いかけた藤川に、廣瀬が首を横に振る。

「いや、慣れないな。常に張り詰めている」

いかにも優等生な答えを寄越したことがなんとなく癇《かん》に障り、藤川はつい、揶揄めいた言葉を口にしてしまった。

「先生は絶対間違えないと、城が言っていた」

「だから『廣瀬』な。『京』でもいいぞ」

廣瀬は呼び方について再度注意を促したあとに、

「『間違えない』ことは目指しているけど、まるでドラマの台詞だな」

と笑ってみせた。

「でも実際、間違えてないんだよな？　林係長も全幅の信頼を置いているし」

なんだか余裕っぽいよな、と面白くなく思っていたことが、言葉と態度に出てしまった。と、そのとき前にドライマティーニの入った華奢なグラスを置かれ、会話は一時中断した。

「ドライマティーニです」

「ありがとう」

礼を言ったが、バーテンダーは頷いただけで、次に廣瀬の前に彼の注文の品を置いた。

「マティーニです」

「ありがとう。ところで藤川君、お腹、空いてないか？」

「え？」

思いもかけない問いかけに、一瞬固まった藤川だったが、すぐ、自分を取り戻した。

「いや、特に。夕食はすませてきたので」

「それならよかった。じゃあ、チョコレートとナッツでももらおうか」

藤川の言葉を聞き、廣瀬がバーテンダーにオーダーをした。

「はい」

バーテンダーが短く返事をし、カウンター内で用意を始める。

人払いは終わった、という合図なのか。そう思っていた藤川に、廣瀬が問いかけてくる。

「夕食、何を食べた？」

「ラーメンだが」

どうでもいいような会話を始めようとしているのはおそらく、この一杯を飲んだら解散、と言いたいのだろうと藤川は察し、グラスを手に持った。

本当に、察しがいい。自分が一刻も早くこの場を離れ、海音寺代議士親子のことを調べようとしているのがわかっているのではないか、と藤川は廣瀬を見やった。

「ん？」

なんだ、というように廣瀬が目を細め、笑いかけてくる。

男くさい魅力に溢れる笑みだ。これは男女問わず、モテるだろう。あの、後藤という助手の廣瀬を見る目も、尊敬する上司、という範疇を超えていたように思う。

向けられている本人は気づいていないのだろうが、と廣瀬を見やった藤川の胸に、なんともいえない感情が一瞬、芽生えた。

自身にも説明がつかない感情だった。苛つく、というのが一番相応しいが、不快感というよりは不安定感のほうが大きい気がする。

なんなんだ、この思いは、と考えながらも藤川は、会話は継続させねば、との思いで口を開いた。

「先生……廣瀬さんは夕食は何を？」

「俺もラーメンなんだよ。かぶったな」

「本当だ」

なんとなく会話がぎこちない。やはり、気が合わないからか、と思いつつ藤川が頷いたあとには、沈黙が訪れた。

と、二人の前にバーテンダーが、キスチョコとナッツを入れた小さな容器を置き、何も言わずに奥へと引っ込んでいく。

なんとなく、いたたまれなさを感じつつ、キスチョコに手を伸ばした藤川に、やはりいたたまれなくなったのか、廣瀬が話しかけてきた。

「そういや今日、警視庁の廊下で会ったのって、久城参事官だったな」

「え？　ああ」

頷いたあと藤川はつい、

「知っているのか？」

と確認を取っていた。

「次代の警察を担うといわれているエリートだからな。勿論知っているさ。一方的にだが」

廣瀬は藤川にそう言うと、逆に問いを発してきた。

「君は一方的じゃなさそうだったな」

「正直、驚いている。俺も一方的だと思っていたから」

そういえば久城と顔を合わせたとき、彼も傍にいたのだった。隠すようなことでもないし、と、藤川は廣瀬に久城との関係を明かし始めた。

「子供の頃、誘拐されそうになっていたところ、偶然近くを通りかかった久城参事官に救われた。当時はまだ、巡査部長だったかな。近所に住んでいて、帰宅途中だった」

「え？　子供の頃って、二十年くらい前だろう？」

脅威の記憶力、などと廣瀬が言いだす前に、藤川は理由を説明することにした。

「誘拐未遂事件のあと、参事官がウチの両親に、俺を道場にでも通わせてはどうかと自分の通っていた道場を勧めてくれたんだ。そこには参事官も子供の頃から通っていたとのことで、師範とも懇意だった。俺は師範に参事官のことを色々聞くうちに憧れが募り警察官になる道を選んだ。多分そのことを師範が参事官に話したんじゃないかと思う」

「なるほど。そうだったのか」

納得したように頷いたあとに、

「それにしても」

とやや身を乗り出すようにし、じっと藤川の顔を見つめてくる。

「なんだ？」

「子供の頃から顔、変わってないのか？」

まじまじと顔を見られ、居心地の悪さから目を逸らしてしまいながらも、問いには答えねば、と口を開く。

「どうだろう。面影はあるとは言われるかな」

自分ではよくわからない、と首を傾げた藤川に、

「参事官は顔でわかったっぽかったからな」

と廣瀬が問いの理由を告げる。

「ああ、そういえば……」

名乗るより前に、名前を言われたのだった。と、頷く藤川の右手はいつしか己の頬へと向かっていた。

『大丈夫だ。僕ら警察が皆を守る。君のことも勿論』

二十年前、藤川を連れ去ろうとしていた誘拐犯はナイフを所持しており、久城が職務質問をかけた際、ポケットに隠し持っていたそれでいきなり斬りかかった。

久城は臆《おく》した素振りも慌てた様子も見せることなく、誘拐犯を易々と組み敷き、ナイフを奪った上で手錠をかけた。

その後、近くでがたがたと震えていた藤川に屈《かが》み込み、頬に手を添えるようにして笑いかけてきた久城が、口にしたのがその言葉なのだった。

警察官は正義の人だ。なんてかっこいいんだろう――幼い藤川の目には、久城の姿がヒーローそのものとして映っていた。

彼の勧めで道場に通うようになると、面白いほどに強くなった。そうなると自分もまた久城のように、この力を人のために役立てたくなった。

皆を守る。この腕で。正義の名において。

久城のような警察官を目指したい、と師範に言うと、師範はことのほか喜び、久城の子供の頃の話や、警察官としての輝かしい経歴を機会あるごとに藤川に話してくれるようになった。

おかげで藤川は久城が何度も警視総監から表彰をされたことも知っていれば、異例といわれるスピードで参事官という高い役職についたことも、タイムラグなしに知ることができた。

そんな久城について師範は、どれほど高い役職につこうが、まるで態度が変わらないと感心しており、そんな話を聞くにつれ久城への尊敬の念は高まっていった。

まさか彼が自分のことを認識してくれていたとは。思い返すだに嬉しさのあまり笑みが込み上げてきてしまう。いつしか一人微笑んでいた藤川は、廣瀬から声をかけられ、はっと我に返った。

「嬉しそうだな」

「まあ、嬉しいよ。尊敬している人だから」

素直に頷いた藤川に、廣瀬が問いかけてくる。

「着任の挨拶には行かなかったのか？」

「畏《おそ》れ多くてとても……覚えてもらえていたとは思っていなかったし」

とても行けなかった、と藤川が首を横に振ると、いかにも揶揄、といった口調で廣瀬が突っ込みを入れてきた。

「挨拶が遅いと、向こうから出向いてきたってことか」

「それは……」

　別件があったのだろうが、三ツ矢によると自分の所在を聞いてきたという。相当、失礼にあたったのでは、と今更ながら藤川は青くなってしまった。

「冗談のつもりだったんだが、気に障ったか？　だとしたら謝るよ。悪かった」

『それは』と言ったきり急に黙り込んだことを案じてくれたらしい廣瀬が、申し訳なさそうな顔で声をかけてくる。

「気には障ってない。心配になっただけだ。本当に失礼だったんじゃないかと」

　謝る必要はない、と謝罪を退けた藤川は、ふと、久城の用件はなんだったのかと考えた。と同時に、久城がなぜ自分の顔を知っていたか、その理由にも思い当たった。

「ああ……そうか」

「え？」

　納得もしたが落胆もしてしまっていた藤川の様子を訝り、廣瀬が眉間に縦皺を刻んでいる。

「……いや、人事データを見たんだな、と気づいて」

「子供の頃の顔を思い出したわけじゃないと？」

　廣瀬の問いに藤川が「ああ」と頷く。

「それは君の想像だろ？」

「…………」

　慰めてくれようとしているのか、と藤川は淡々と返してきた廣瀬を見やった。

「本人に確かめないとわからない」

「そりゃそうだが、普通に考えれば人事データを見たんだろうとしか」

別にたいして落ち込んでいるわけでもないし、気遣いは不要だ、と藤川は苦笑してしまった。フォローせねばという義務感に駆られるほど、落胆して見えたのだろうか。それともリップサービスをするのが当たり前、と思っているのか。

人となりはあまり知らないものの、リップサービスをするようなタイプには見えないから、親切でフォローしてくれているのだろう。必要はないというのに。

そんなことを考え、またも苦笑しそうになっていた藤川だったが、廣瀬が次に告げた言葉には、頬に浮かびかけた笑みも引っ込んでしまった。

「とびきり綺麗だったから印象に残っていた、という可能性もかなり高いと思うぞ。一度見たら忘れられない顔だ」

「……顔……ね」

実際、久城が自分のことを覚えていたかは、先ほどの廣瀬の台詞ではないが、本人に聞かないかぎりわからないだろう。

普通に考えれば、道場の師範から、かつて助けた子供が久城に憧れた結果、警察官になったことや、念願かなって警視庁勤務となったことを聞かされていた彼が、そういえば、とふとそのことを思い出し人事データで調べてみた。ちょうど林に用事があり、出向いたところで自分と出会い、声をかけた——といったところではないか、とそれで納得できるのに、なぜ廣瀬は『久城が自分の顔を覚えていた』としたがるのか。

　顔が綺麗だから覚えていた、というのはなんだか、久城を馬鹿にしているように感じてしまう。ああ、それでむっとしているのか、とようやく藤川は、イラッときた理由に到達した。

「はっきりいって不愉快だ」

「NGは名前の話題だと思ってた。顔の話題も駄目だったか？」

「NGとまでは言ってない。その話題で引っ張られるのは時間の無駄だと言っただけで」

　揶揄か、と藤川はつい、廣瀬を睨んでしまった。

「顔も名前も、個性だと思うけどな」

　嫌ならやめよう、と肩を竦めた廣瀬が口を閉ざす。

「…………」

　なんとなくこのまま、解散となりそうな流れだな、と藤川はグラスを呷った。

　積極的に話題を逸らせようとしたわけではない。しかし結果として事件から話題は逸れていた。狙ったと思われたら不本意だが、助かった、と感じているのもまた事実だった。

　助かった——？　もしや。

　もしやわざとか、と思ったときには藤川は空になったグラスをカウンターに音を立てて下ろし、廣瀬が『そろそろ帰るか』と言いだすより前に、店の奥に向かい大きな声を上げていた。

「おかわりお願いします」

バーテンダーが出てくる気配はない。もう一度、藤川が声を上げるより前に、廣瀬が口を開いていた。

「すみません、もう一杯、いいですか?」

廣瀬の言葉が終わらぬうちに、バーテンダーが姿を現し、藤川の前に立つ。

「同じものでよろしいですか」

「はい。お願いします」

頷いた藤川からすぐに目を逸らすとバーテンダーは酒を作り始めた。

「俺も同じのを」

そんな彼に廣瀬が声をかける。

「はい」

バーテンダーは廣瀬にも愛想なく返事をし、二人の注文の酒を作り終えるとまた奥へと引っ込んでいった。

「別に話題を逸らそうと思ったわけじゃないから」

彼の姿が消えたあと、藤川は廣瀬へと身体を向け、きっぱりとそう言い切った。

「え?」

廣瀬が、わけがわからないといった表情となる。

「俺が言い渋ったから先回りをして、わざと話題を変えてくれようとしたんだろうが、そういう気遣いは不要だと言ってるんだ」

誰が頼んだというのだ。そういう気の回しようは、はっきりいって好きではない。

普段であれば、こうも攻撃的にはならなかった。酔いも手伝っていた上、もともと廣瀬のことを虫が好かないと思っていたせいもあって、つい、必要以上に攻撃的な言葉をぶつけてしまったのだった。

言ってから藤川は、さすがに言いすぎたか、と反省したものの、今更謝るのも憚《はばか》られ、このまま勢いで店を出ることにした。

それでグラスの酒を一気に飲み干していたところに、廣瀬が声をかけてきた。

「あのな、藤川君」

呆れていることを隠そうともしない声音に、またも藤川はイラッときて、思わず廣瀬を睨んでしまった。

そんな彼の視線を真っ直ぐに受け止め、廣瀬が口を開く。

「どうしてそう、つっかかってくるかな。コッチにはなんの意図もないよ。酒を飲んで話すのに、気を遣う趣味はない。君がそもそも事件の話をするために俺を訪ねてきたことも、途中で気が変わって俺とは話す気がなくなったこともわかっちゃいるが、はっきりいって俺にとってはどうでもいい。君こそ、気の回しすぎなんじゃないのか」

「どうでもいいって！」

ズバズバと、痛いところを突いてくる廣瀬の指摘に、一言も言い返せないでいた藤川だったが、『どうでもいい』はないだろう、とようやくここで口を挟むことができた。が、廣瀬は既にその『答え』を用意していた。

「俺は司法解剖を担当してはいるが、警察の人間ではない。外部には漏らせない情報があることくらいはわかっている。だから別に君が俺に『話せない話』があることについてはどうでもいいと思っている、ということだ」

「…………」

最早一言も言い返せない。この場に相応しい言葉は謝罪しかない、と藤川は廣瀬に対し深く頭を下げた。

「……申し訳なかった」

「謝罪はいいよ。この一杯を飲んだら帰ろう」

だがその謝罪も廣瀬に軽く流され、苛立ちが募ったあまり藤川は、言わずにすませようと思っていたはずのことをつい、口にしてしまったのだった。

「隠そうとしたわけじゃない。必要なら言うつもりでいた。似ていると思ったんだ。さっき画像を見た海音寺の息子と、自首してきた男との」

「……え？」

意外だったのか、廣瀬が驚いたように目を見開く。

「ということは？」

どういうことなのか、と廣瀬に問われ、藤川もまた改めてそのことを考え始めた。

「偶然、という可能性もある。しかしもし偶然ではなかったとしたら……？」

「……それは……」

廣瀬の表情が一気に引き締まり、眼光が鋭くなる。

「…………」

同じ可能性を考えている、ということだろう。藤川もまた厳しい表情で廣瀬を見返す。

二人して暫し見つめ合い、互いの頭の中で組み立てた結論を口にする準備を整えたあと、どちらからともなく、口を開いた。

「身代わりなんじゃないか？　その男」

「……決めつけは危険だ。だが、有名代議士の息子のスキャンダルなら、入社の手土産にはなりそうだ」

頷いた藤川に、廣瀬もまた頷き返してくる。

「あってはならないことだが、海音寺勇人代議士なら警察に圧力をかけるのも可能だろうしな」

「馬鹿な」

反論めいた言葉を告げはしたものの、藤川もまさに今、同じことを考えていた。

果たして真実はどこにあるのか。突き止めなければ、という思いが藤川の胸の底から湧き起こってくる。

真相をあきらかにするにはどうすればいいか。一番手っ取り早く、しかも確実な方法は、と考えた結果すぐさま辿り着いた結論を藤川は口にしていた。

「話を聞きに行ってみる」

「誰に？」

問い返してきた廣瀬もまた、すぐに答えに到達したようで、それを藤川に確かめてくる。

「海音寺の息子……海音寺勇作にか？」

「そうだ。他の拳闘部員にも話を聞く。果たして被害者前田さんと海音寺勇作に接点はあったのか。勇作に脅迫されるようなネタがあったかをその前に調べられるといいんだが」

そのために、部員たちに話を聞こうと思う、と続けた藤川は、廣瀬が自分をじっと見つめていることに気づいた。

「なんだ？」

「捜査に上司の許可が下りるとは思えないんだが、もしや一人で行くつもりか？」

「え？」

まだ許可を得るところまで考えていなかったが、確かに無許可でやるなら一人で動くしかない、と藤川は問い返したあとすぐ、頷こうとした。

それより前に、廣瀬が思いもかけない言葉を告げる。

「俺も行くよ」

「は？」

戸惑いが先に立ち、またも問い返した藤川へと身を乗り出し、廣瀬がきっぱりとした口調で同じ言葉を繰り返す。

「やっぱり俺も行く。捜査の基本は二人一組だからな」

「捜査って、あんた、警察官じゃないだろう？」

まったく何を言っているのか、と藤川は思わず大声を出してしまったのだが、奥からバーテンダーが顔を出したことに気づき、慌てて口を閉ざす。

僅《わず》かに生まれたこの『間』を廣瀬は逃さなかった。

「一人で行くのは危険だし何より不自然だ。だから俺も同行するよ。今日の聞き込みだって、警察官じゃないことは疑われなかったじゃないか」

「そういう問題じゃない」

バーテンダーが顔を引っ込めたこともあり、ようやく落ち着きを取り戻すと藤川は、廣瀬に対しきっぱりと拒絶の言葉を口にした。

「これは警察の仕事で、監察医の仕事じゃない。今日も俺を庇って係長に怒られたばかりじゃないか。これ以上、あんたに迷惑はかけられない」

「迷惑というのはかけられた本人が『迷惑』と感じた時点で成立するんだ。俺は迷惑とは思っていない」

言い返す廣瀬に藤川は尚も言い返そうとしたが、それを廣瀬は許さなかった。

「お前も『警察の仕事』としては行かれないんだから立場は同じだろう？　俺も真相が気になるんだ。怒られるときは一緒に怒られようぜ」

「あのなあ……」

ほら、乾杯、とグラスを差し出され絶句する。そんな藤川のグラスに勝手に自身のグラスを軽くぶつけた廣瀬は、

「明日、何時にする？」

最早同行することが決定事項のような口調で時間を問うてきて、藤川からますます言葉を奪っていった。

どうして――彼はそこまでしてくれるのだろう。

彼自身、真相を気にしているのは事実ではあろうが、それが自分に同行してくれる理由ではないだろう。

「…………」

理由を聞こうかと思ったが、聞いたところで明かすことはなさそうだ。彼の本心を聞く日は

果たして来るだろうか、と藤川はいつしか廣瀬の顔をまじまじと見つめてしまっていた。

「そんなに見られたら、俺に気があるのかと誤解するぞ」

敢えて、なのだろう。廣瀬がそんなおちゃらけたことを言い、話を打ち切ろうとする。短時間で何杯もグラスを重ねたせいか妙にカチンときて、気づいたときには廣瀬に絡んでしまっていた。

「自信過剰だな。さぞモテて来たんだろうが」

「君ほどじゃないさ」

返された言葉に更にむっとし、言い捨てる。

「嫌みかよ」

「それはないが、どうした？　何か怒らせたか？」

だとしたら悪かった、と頭を下げる廣瀬に対し、自分がいかに理不尽な怒りをぶつけていたかを改めて自覚させられ、藤川はバツの悪さを感じると同時に、廣瀬の懐の広さをも実感していた。

だからモテるのだろう。納得した藤川の口から、ぽろりとその思いが漏れる。

「……人気の秘密がわかった気がする」

「人気なんてないさ」

「いや、ある。ウチの城はメロメロだ。林係長だって」

「男か」

ははは、と廣瀬が笑い、グラスを傾ける。

「まあ、たとえ男であろうが、嫌われるよりは好かれているほうが嬉しいよな」

「そうか？」

その気持ちはわからない、と藤川は廣瀬に同意せず、疑問の声を上げた。

「違うか？」

廣瀬が意外そうな声を出す。

「その言いようだと、万人に好かれたいように聞こえたから」

八方美人的だ、と感じたせいもあり、藤川はそう言ってから、これもまた嫌みと思われる可能性が大だなと気づき、慌てて言葉を足した。

「別に嫌みじゃない。俺は、自分が好きな相手に好かれていればいいかと思うタイプというだけで」

「俺も別に、誰彼かまわず好かれたいってわけじゃないぞ。仕事を進める上で、嫌われないほうがいいとは思っているが」

「……なるほど」

それが、答えか。

仕事上、嫌われたくないから付き合ってくれるということか。

知りたかった答えが得られた。これですっきりした、と思ったはずであるのに、なぜか落胆してしまっている。何をがっかりしているのか。自分で自分の心理に首を傾げていた藤川の耳に、廣瀬の幾分、憮然とした声が響いてくる。

「仕事がしやすいように、とは言ったが、納得できないことは絶対にしない。断れば気まずくなるとわかっても、納得できなければ断るよ。そういう意味ではさっきの君の発言に近いかな。好きな相手に対しては、たいがいのことは受け入れるし、力になりたいと思う。君もそうなんだよな？」

「え？　ああ……」

そうだ、と頷く藤川の胸には今、熱い、としかいいようのない思いが溢れていた。

なんだか泣きそうだ。なぜだ？　ビジネスライクではなかったと知らされたことが嬉しいと？

なぜだ。何が嬉しい？　廣瀬の今の言葉の、どこに自分は感激したというのだ？

感激——だよな。なぜ感激するんだろう。何が嬉しいのか。

『好きな相手に対しては』

そこ——か？

どうして。さっぱりわからない。戸惑いながらも藤川の目は、廣瀬の爽やかとしかいいようのない笑顔に向いてしまっていた。

「酔ったか？　そろそろ帰ろう。明日も早いしな」

視線を受け止め、ニッと笑いかけてくる廣瀬の、眩しいほどの白い歯にますます目が釘付《くぎづ》けになる。

なんだかおかしい。一体自分はどうしてしまったのか。

己の心の動きを把握できないなどという体験はしたことがない。ただただ戸惑いながらも、藤川は、その戸惑いが決して不快なものではないということをしっかり自覚していた。

9

我ながら酔狂だと思う。だが、放ってはおけなかった。

絶対にここなら待ちぼうけを食らわされることはない集合場所、H大学の校門前で藤川を待ちながら京は、警察にも大学にも知られたら立場上相当マズいであろう行動を取っている自分に我知らぬうちに溜め息を漏らしていた。

容疑者は供述を変え、自分の書いた解剖所見どおり『拳で殴った上で鉄パイプを振り下ろした』犯行であると認めているという。自分の仕事との齟齬はなくなったのだから、本来であればこの時点で手を引くべきだとは京自身の思うところでもあった。

彼が嘘をついているか否かを調べるのは警察の仕事である。わかっていながらにしてしゃしゃり出てしまったのは、藤川を案じたからに他ならなかった。

放っておけば一人で行動するに決まっている。容姿の美しさを裏切る腕っ節の強さを知ってはいたが、もしも自分たちの推論が正しければ、これから向かおうとする相手は警察をも動かすバックを持っているのである。

刑事一人の口を封じることなど、容易いだろう。そう思ったときには自然と口から、

『俺も行くよ』

という言葉が漏れていた。

望まれてもいないのに、本当に酔狂だな、と見やった先、己の姿を認めたらしい藤川がしかめっ面で近づいてくる姿が視界に入り、京は思わず苦笑した。

本当に顔に出る。捜査中は少しはマシなんだろうか。

「やあ」

と手を挙げると、仏頂面のまま藤川が「どうも」と頭を下げつつ駆け寄ってくる。

「待たせましたか?」

「いや、今来たところだ。それより、上にはなんて言ってきた?」

問いかけると藤川は、一瞬、むっとした顔になったものの、すぐに答えてくれた。

「風邪と嘘をつきました」

「俺もだ。気が合うな」

笑いかけたが藤川の眉間の皺は解かれることなく、

「そのくらいしかないだろう」

とすげなく言い捨てると、そっぽを向いてしまった。

不本意であることがありありとわかる彼の態度に、やれやれ、と内心肩を竦めつつも、これから向かおうとしている『聞き込み』対象についての話を始めることとする。

「帰宅してから、あれこれ検索してみたんだが、ネットの巨大掲示板で気になる書き込みを見つけた」

「俺も見た。全日本学生チャンピオン決定戦に八百長《やおちょう》疑惑があるというやつだろう?」

今まで不機嫌だった藤川の表情がさっと変わり、話題に気を遣ったのか身を乗り出すようにして声を潜め答えてくる。

本当に仕事の虫だよな、と微笑ましく思いつつ、京もまた頷いてみせた。

「あれは『金で買われたチャンピオン』だという書き込みの履歴が見つかった。『また削除されるかも』とも書かれていたから、インターネット上のそうした書き込みは強制的に削除されている可能性もある」

「気になって学生ボクシングに詳しい人間が友人にいたことを思い出し、聞いてみた。やはり八百長疑惑はあったようだ。彼も実際の試合を目の前で観てきたが、違和感はあったと言っていた。試合自体は判定ではなく文句なしのKO勝利だったというが、やらせのように感じたと」

「本当に『やらせ』で、しかも敗者に金でも掴ませていたのだとしたら、立派なスクープになるな」

頷いた京の目に、ネット上でチャンピオンベルトを掲げていた男の顔が飛び込んでくる。

「彼」

友人たちと談笑しながら校門を目指してくるのは、海音寺勇作に間違いないように見えた。

藤川の腕を掴み注意を促すと、彼もまた気づいたらしくいきなりその若者に向かって歩きだす。

「おい」

躊躇ない動きに焦りながらも、京もまた彼のあとを追った。と、勇作や傍にいた学生らが自分たちに足早に近づいてくる藤川に気づいたようでその場で足を止める。

彼らの目が見開かれているのはおそらく、藤川の美貌に見惚れているからだろう。気持ちはわかる、と心の中で頷いていた京の前で、藤川が勇作に声をかけた。

「海音寺勇作君だね？」

「……あ、はい。そうですけど」

勇作の顔がみるみるうちに赤くなっていく。だがその顔は藤川が内ポケットに手を入れ取り出した警察手帳を見た瞬間、酷く強張ることとなった。

「この間、拳闘部が飲み会をしていた居酒屋の客の間でトラブルがあった事件、知っているよね？　ちょっと話を聞かせてもらいたいんだが」

凛々しいとしかいいようのない顔立ち、口調で藤川が勇作に問いかける。

「……話って……」

勇作は周囲を見回すような素振りをしたが、傍にいた数名の彼の友人と思しき学生たちは俯いたきり、一言も発しようとしなかった。

「揉め事が起こったときのことを教えてほしいんだ」

京はてっきり、藤川の性格上、ストレートに八百長疑惑をぶつけるのかと思っていたが、捜査のほうは意外と慎重にかかるようだと察し、新鮮な驚きを覚えた。と、友人たちの中に、昨日聞き込みをかけた、家電量販店で働いている日向の姿を認め、顔を凝視する。視線を感じたらしく日向は顔を上げたが、京に見られていることに気づき、ぎょっとした様子でまた目を伏せてしまった。

「あの……僕、その飲み会には参加していないので……」

強張った顔のまま、勇作はそう言うと、会釈をし、その場を立ち去ろうとした。

「いや？　いたと聞いたけど」

どうやら藤川も日向の存在には気づいていたらしく、目線を彼に向けつつ、去らせまい、と勇作の前に立ちはだかる。

「…………」

藤川の視線を追った勇作が、日向を物凄い勢いで振り返る。

「ち、違う！　僕じゃない‼」

途端に日向が悲鳴のような声を上げたのを聞き、藤川はニッと笑うと、勇作の顔を覗き込むようにして見やり口を開いた。

「その飲み会、君の祝賀会だったんだろう？　主役がいないなんてこと、あるのかい？」

「…………」

藤川に顔を寄せられ、勇作は、うっと言葉に詰まった。彼の目が藤川の顔に吸い寄せられ、頬が再び紅潮していく様を見て、この状況で見惚れられるとは『美貌』というのは凄い武器となるんだな、と京はつい、感心してしまった。

「いたよね。君も店内に」

藤川はどうも、勇作が自分の顔に見惚れていることを自覚した上で、彼に口を割らせようとしているらしい。顔が綺麗だということを話題にされるのは好まないが、捜査に役立てられる場合は積極的に利用しているようである。

そういうところは潔くて好ましいな、と心の中で呟いた京はそんな自分の心の声に、はっとした。

好ましい――。

いけすかないという印象ではなかったか。お互い、そうした印象を抱いているから、親しくなることはまず、ないだろうと思っていたはずである。

今も『仲がいい』から行動を共にしているわけではない。一人で行動しようとしている彼を案じ共にいるだけではあるが、よく考えると随分とリスキーなことに足を突っ込む結果となってしまった。

大学には何一つ申請も報告もしていない。単に有給休暇の取得願いを出したきりである。自分の行動が知られたら、厳重注意は免《まぬか》れないだろう。下手をしたら免職もあるかもしれない。

刑事でもないのに刑事に同行し、事件の捜査をすることに、処分を受けないわけがない。わかっているのになぜ敢えてそんなリスクを冒そうとしているのか。

やはり『好ましい』と思ったからか、と京が見やった先では、藤川がじっと勇作を見つめ問いを重ねていた。

「騒ぎは聞いたかい？　騒いでいたのはサラリーマンとH大の学生だった。君の同級生で前田和也君だ」

それまで呆けたように藤川の美しい顔に見惚れていた勇作だったが、前田の名が出た途端、我に返った様子となった。

「同学年だよね。知り合いかい？」

「知らないしその場にもいなかった。話すことはありません」

厳しい声音でそう言い放ち、藤川を避けるようにして前に進もうとする。俯く顔は青ざめ、言い切る語尾は震えていた。

どう考えても不自然だ。そう感じたこともあり、今度は京が勇作の前に立ち、行く手を阻んだ。

「何も知らないって言っているでしょう」

言いながら勇作が、ポケットに手を入れスマートフォンを出そうとする。

「知らないのなら、そんなに慌てることはないんじゃないか？　被害者と面識があったかどうかは、店にいた全員に聞いていているんだ。君がいなかったというのなら、話はそれで終わりにするよ」

電話をかける先は父親だろうと察した京は、マズいことになりそうだ、と咄嗟に身体を引くと、わざとらしいほどに微笑み勇作にそう告げた。

「……ええ。いませんでした。それじゃあ」

勇作は訝しそうに京を睨みつつも頷き、その場を立ち去っていく。彼と一緒にいた学生たちも、背後を気にしつつも勇作と共に歩き始め、なんとか騒ぎにならないですんだことを安堵し溜め息を漏らした京の横から藤川が、思いもかけない言葉を周囲に響き渡るような大声で叫んだのだった。

「前田君から取材を受けたりはしなかったかい？　全日本学生チャンピオン決定戦の内容について」

顔も綺麗な人間は声も綺麗と決まっているのか、凛とした美しい藤川の声に、勇作ら学生たちの足が止まり、日向をはじめとする数名が振り返ったのだが、その顔の上には驚愕と恐怖が交じった感情が貼り付いていた。

「前田君が狙っていたスクープとは、やはり試合に関することなんだね？」

藤川が言葉を重ねると、勇作以外の皆は前を向き、物凄い勢いで校門の中へと駆け込んでいった。

その場に一人残った勇作がゆっくりした動作で藤川を振り返ったかと思うと、つかつかと彼へと歩み寄ってきた。

目が据わっている。何か危害を加える気では、と京は藤川の前に立とうとしたのだが、藤川は煩そうに京を軽く押し退け、すぐ近くまで来ていた勇作と正面から向かい合った。

「手帳、もう一度見せてもらおうか」

先ほどまでは一応丁寧語を使っていたが、今、勇作が藤川にかけてきたのはそんな『偉そう』としかいいようのない言葉だった。

「…………」

藤川は無言でポケットから警察手帳を取り出し、開いてみせる。

「あんたも」

今度、勇作は京にもそう告げ、当然ながら警察手帳など持ち得ない京がそう言おうとしたのに被せ、藤川が口を開いた。

「戻ってきてくれたんだ。詳しく話を聞かせてくれ。前田君はチャンピオン戦を八百長だと言ってきたんじゃないか？」

「……っ」

その瞬間、勇作の全身から『殺気』といってもいい感情が放たれたのを、京は確かに感じた。彼の拳が握られるのがわかり、殴る気か、とその腕を捕らえようとする。

「大丈夫だ！　手を出すな！」

藤川の綺麗な声が響く。京に向けられたその言葉は、勇作の動きをも制したらしく、振り上げた拳を彼は下ろすと、震える声で一言、

「名誉毀損《きそん》で訴えてやる！」

とだけ言い捨て、校門内へと駆け去っていった。

いつしか周囲には人だかりができ、今のやりとりを見ていた学生たちがひそひそと囁きながら歩き始める。

皆の一番の興味は、藤川の美貌にあるのは明白だった。囁き声に耳を澄ましていた京の耳に、待ち望む言葉が入ってくる。

『やっぱりあれ、八百長だったのかな』

『噂になってたもんね。金で買ったチャンピオンベルトって』

『相手KOしたパンチ、猫パンチみたいだったって試合観に行った子が言ってたよ』

『それネットの掲示板とかに書くと光の速さで削除されるんだって。親の力かな』

ざわつきの声にどれほどの信憑性《しんぴょうせい》があるかはわからない。だが、八百長試合のことは学内でもかなり噂になっていることがわかる、と京は周囲を見渡した。

この中で、被害者の友人や知人を探す手立てはないだろうか。警察は友人に聞き込みをかけただろうから、藤川も名前くらい知っているのでは。それを京が藤川に問おうとしたとき、携

帯電話の着信音が響き渡った。

「……早いな」

内ポケットを探り、携帯を取り出した藤川が、画面を見やりぼそりと呟く。見るとはなしに京も彼の携帯の画面を見たのだが、浮かんでいた文字は『非通知』だった。

警視庁からの電話はたいてい『非通知』でかかってくる。今の今でもう、警察に連絡がいったのか、と驚いていた京の前で、藤川が小さく溜め息を漏らしたあとに電話に出た。

「はい。藤川です」

電話の向こうでは相手が怒鳴っているのがわかったが、内容まではよく聞こえなかった。

「わかりました」

通話は一分もかからず、電話を切ったあとの藤川の溜め息のつきっぷりで、京は聞かずとも内容を察することができた。

「すぐに戻ってこいと言われた。命令に従わない場合、処分を覚悟しろと」

「……まさかとは思っていたが、海音寺の父親から圧力がかかっているのは間違いないようだな」

藤川は体調不良を理由に有休をとってここに来たと先ほど言っていた。その嘘がこうも容易くばれた上に、居場所まで知られているのは、勇作が父親に電話をし、代議士の父が警察に働きかけた、その結果としか考えられない。

まさに圧力をかけられた『証明』だ、と憤りを覚えていた京は、当然、藤川に同行するつもりでいた。

なので藤川が、

「それじゃあ」

と頭を下げ、一人踵を返したことに驚き、思わずその腕を掴んで足を止めさせてしまった。

「待ってくれ。俺も行くよ」

「いい。怒られるのはわかっているから。付き合わせるわけにはいかない」

助けてもらったばかりだし、と続けた藤川に、

「今、君が助けてくれたろ？　お返しなしだ」

と京は笑いかけた。

「助けた？」

「ああ。海音寺の息子に警察手帳を見せろと言われたとき、話を逸らしてくれたじゃないか」

「……ああ……それは別に、あんたのためってわけじゃない。自分のためでもあったから」

警察の人間以外を連れて聞き込みをしていると知れたらマズいことになる、とぼそぼそと続けると藤川は再び、

「それじゃ」

と頭を下げ、立ち去ろうとした。

「いや、行く」

「いいって。どちらかというと迷惑だ」

伸ばした手を振り払い、藤川はそう言い捨てると、足早に立ち去っていった。

「…………」

迷惑と言われてしまうと、何も言えなくなり、京はその場に立ち尽くしたまま、遠ざかっていく藤川の後ろ姿を見つめていた。

藤川の『迷惑』が自分を気遣っての発言だということはわかっていた。そう言わねば自分が一歩も退かないと、彼はそう思ったのだろう。

処分を受けることがないといいのだが。その身を案じずにはいられないでいた京の脳裏に、凛々しい藤川の声が蘇る。

『大丈夫だ！　手を出すな！』

今まで彼はどんな人生を送ってきたのだろう。

立ち尽くしているうちに、学生たちの注目を集めることとなってしまったと気づいた京は、駅へと向かうべく踵を返した。

何か自分にできることはないだろうか。海音寺代議士の圧力に対抗できるものを探す、とか。

ボクシングの学生チャンピオンの決定戦が八百長試合だったという噂を知る人間は多いようだから、いっそマスコミにリークし、そこを突破口に前田の事件にも世間の注目を集めるようにする、とか？

しかし海音寺勇作が事件にかかわっているというのは、今のところ推察にすぎず、一つとして証拠は出てきていない。

彼がかかわっていなかったという可能性がゼロではないと思うと、マスコミにリークすることは躊躇《ためら》われるし、それ以前に報道されるより先に海音寺代議士の力で握り潰されるであろう。

そもそも、自分は警察官ではない。監察医だ。その自分にできることといえば、遺体の最期の声を正しく聞き、それを警察に知らせることだ。それしかないじゃないか。

もう一度、遺体と向かい合おう。駅へと向かう京の歩調はいつしか速くなり、その拳は固く握られていたのだった。


「先生、今日はお休みされるんじゃなかったんですか？」

法医学教室に京が入っていくと、後藤ら部下たちが驚いたように目を見開き、迎えてくれた。

「そのつもりだったんだが、予定が変わった。もう一度前田さんの遺体を見てくる」

用意を頼む、と後藤に指示をした京の耳に、信じがたい返答が響いた。

「前田さんのご遺体なら、先ほどご遺族が引き取っていかれましたよ」

「なんだって⁉」

どういうことだという思いから、自然と語気が荒くなってしまった京に、後藤が驚いたように問い返してくる。

「どうしたんです？　京さん？　いけなかったですか？　林係長がご遺族に同道されていたので問題ないかと思ったんですが……」

「……林さんが？」

意外さから問い返した京に、

「そうなんです。林さんが直々に来るなんて、レアですよね」

後藤もまた意外に思ったらしく、そう言葉を返してきた。

「何か言っていたか？」

「いや、何も……ああ、先生に『お大事に』と言ってました」

「俺が休んでいることを知ってたのか？」

問い返した京だったが、後藤の答えを聞き納得した。

「いや、僕が『先生は体調不良で休んでいる』と言ったからですが」

「……なんだ、そうか」

考えすぎか、と息を吐いた京の前で、

「でも」

と後藤が眉を顰める。

「もしかしたら知っていたのかもしれません」

「なんだと？」

どういうことだ、と詰め寄る京の顔が余程怖かったのか、後藤は、

「あ、いや、僕の思い過ごしかもしれないんですけど」

とあわあわしつつも、彼の感じたことを話し始めた。

「遺体を引き取りに来たということだったんで、先生の所在を聞かれるかと先回りをして、休んでいると伝えたんです。そのとき林さんが『そうだったな』と言ったように聞こえたもので」

「確かに言ってました」

ここで話を聞いていたらしい青木が話に参加してきた。

「なんで知ってるんだろう、と思ったんですけど、事前に電話でもしてきたのかなと」

「電話なんてかかってきてないわよね。いきなり来たからびっくりしたんだもの」

榊原も話に加わり、室内で四人は自然と顔を見合わせることとなった。

「誰に聞いたんでしょう？　それとも単に知ったかぶりしただけだとか？」

普段であればそんな後藤に『知ったかぶりとか馬鹿言うな』と一番に突っ込みを入れるのは京なのだが、今、彼はそれどころではなかった。

「知ったかぶりとか、馬鹿じゃないの」

京のかわりに突っ込んだ榊原が、黙り込む京を見上げ心配そうに問いかけてくる。

「先生、真っ青ですよ？　まだ体調、悪いんじゃないですか？」

「……悪い……うん、悪い」

榊原の言葉に京は我に返りつつ、彼女の心配に乗らせてもらうことにしようと瞬時にして心を決めた。

「やはり今日は帰る。申し訳なかった」

「先生？」

「京さん、どうしたんです？」

皆の声を背に、とても体調の悪い人とは思えぬ勢いで部屋を駆け出した京は、廊下を走りながらスマートフォンを取り出し、藤川にかけ始める。今日の待ち合わせのため、携帯番号を交換していたのだった。

応対に出られるような状態ではないかと案じていたが、意外にも藤川はすぐ電話に出た。

『はい、藤川』

「廣瀬だ。今、いいか？」

問いかけると藤川は苛ついた感じで答えを返す。

『マズかったら出ない』

「そりゃそうだな」

どうやら相当苛々しているらしい。部屋で待機でもさせられているのか、それとも既に処分が下り帰宅させられているのか。どちらかだろうと思いながら京は、

『それで、用件は？』

と問うてきた藤川に、彼を驚かせるであろうと予想しつつ自分もまた驚いたばかりの内容を明かし始めた。

「前田さんの遺体が遺族に引き渡されてしまった。遺族には林係長が同行していたそうだ」

『なんだって⁉　林係長が？』

電話の向こうでガタン、という音がする。藤川が椅子から立ち上がったのだろうと察すると同時に彼が感じているのは驚きだけではないなということも同時に京は察した。

「そっちはどうだ？　処分は下ったのか？」

状況を教えてくれ、と告げた京に、苛立ちを隠せない声のまま藤川が答える。

『どうもこうも。呼び戻されたあと会議室で待機状態だ。林さんが戻るまで待てと言われているが、そっちに行ってたとは。遺体の引き取りってそれ、証拠隠滅だよな？　くそっ』

「落ち着け。気持ちはわかるが」

どうやら室内を歩き回っているらしい藤川に、京は一旦足を止め、スマートフォンを握り直しながら言葉をかけた。

「俺もまずそれを考えた。加えて林さんが来たタイミングについても。どうやら林さんは俺が不在であることを知っていた節があるというんだ」

『……それはつまり、俺たちが海音寺勇作に聞き込みをかけたのを知っていた、ということか？』

電話の向こうの藤川もまた、足を止めたようである。呆然とした響きを湛《たた》えるその声に京は頷いたあと、言葉を足した。

「俺たちが聞き込みをかけた結果、相手が早急に動いたということも考えられる。遺体の状態と沢木の供述の間に、今後齟齬が出ることのないようにという配慮から」

『……なんてことだ……』

呟くような藤川の声には、絶望感が溢れていた。

『正義』の象徴たる警察が、代議士の圧力に屈しようとしている。夢であった本庁捜査一課に着任早々、正義とは真反対の『現実』を目の当たりにした彼の心中を思うと、京の胸も痛む気がした。

「動けるようになったら連絡をもらえるか？　何か突破口はないか、相談したい」

『……わかった……』

力なく答えた藤川だったが、ふと、何かを思いついたような声を漏らした。

『……あ……』

「どうした？」

自棄になった挙げ句にとんでもないことを思いついたのでは。心配になり京はすぐさま問いかけていた。なんとなく、藤川の性格を把握してきたがゆえに、不安を覚えたのである。

『……「正義の人」を一人、思いついた。どうせ処分を受けるのなら最後にトライしてみようと思う。直訴してみるよ』

「直訴？　何をする気だ？」

問いかけた京の声と、

『結果を連絡する』

と言う藤川の声が重なって響いた直後、電話は切られた。

「おい！」

呼びかけたスマートフォンからはただ、ツーツーという不通音しか聞こえない。

再びかけてみたが、出る気はないらしく、留守番電話に切り替わってしまった。

「まったく……っ」

一体何をやらかすつもりか。危なっかしくて放置できない、と京は舌打ちするとスマートフォンをポケットに仕舞い再び駆け出した。

目指す先は警視庁。藤川が何をしようとしているのかを確かめ、無謀すぎることなら止めなければ。

なぜ、彼のことをこうも案じ、こうも必死になってしまうのか。

自分自身の心と正面から向かい合う勇気をそろそろ持つ頃かもなと心の中で呟く京の頭には

そのとき、綺麗である以上にあらゆる感情がストレートに表れる藤川の魅惑的な顔が浮かんでいた。

10

廣瀬からの電話を切ったあと藤川は、よし、と一人気合を入れ、深く息を吐き出した。

林からの呼び出しで戻ってきたものの、林は不在であり、三ツ矢から会議室で林の帰りを待つよう指示を受けた。

三ツ矢の顔は引《ひ》き攣《つ》っており、できるかぎり自分とはかかわりを持ちたくないというのが態度に表れていた。

それを見て藤川は、自分が何かしらの処分を受けるのだろうと推察していたが、そうなった場合にはきっちり林を問い詰めようと、そう心を決めていた。

どう考えても沢木の自首は不自然である。実際彼は被害者である前田と諍《いさか》いが起きたという居酒屋にいたのだろうか。

藤川の組み立てた推理では『いなかった』。あの日、居酒屋で前田と揉めたのは、沢木と外見がよく似ている海音寺勇作だったのではないか。

拳闘部の飲み会に参加していた勇作に前田が、八百長試合の裏を取ろうと声をかけた。

『馬鹿にするな』『脅そうっていうのか』

居酒屋のアルバイトの女性、鈴木が覚えていた前田と相手との口論の内容も、相手が勇作で、話題が八百長試合のことだとすれば、そのまま納得がいく。

その裏付けを取るにはどうしたらいいか。まずは勇作と前田の繋がりを確認する。それに自首をしてきた沢木と海音寺勇作、もしくは父親の勇人との関係性。

海音寺側は直接かかわってはいない可能性もある。『誰か』に『なんとかしろ』と指示を出しただけ、というのが定番であろう。

勇作がカッとなって前田を殺した。その『身代わり』を仕立て上げてほしいと依頼された『誰か』は、背格好が似ており、騒ぎ立てる身内がいない沢木に白羽の矢を立てた。

条件は金かもしれないし、出所後の身分保障かもしれない。沢木は身代わりを了承し自首をしてきた。

海音寺が警察に圧力をかけたこともあり、自首はそのまま受け入れられ、トントン拍子に送致、間もなく起訴もされるだろう。

裁判も早く、判決が下ればもう、この件について真犯人に罪を与えることができなくなる。すべてを了承して身代わりを引き受けた沢木は決して控訴などしないだろう。

そうなるより前に、なんとかしなければ。しかし、海音寺勇作に聞き込みを実施したことが知られた途端、動いた林にいくら訴えても、どうにもならない、ということは藤川にはよくわかっていた。

訴え出るなら林より上の人間にだ。しかし誰に言えばいいというのだ。廣瀬からの電話の最中、藤川はずっとそれを考えていたのだが、ふと、ある男の顔が彼の頭に浮かんだ。

久城参事官――彼に訴えかけてみたらどうだろう。

久城は所轄の刑事からの叩き上げで、今の地位を得た、いわば所轄刑事の希望の星的存在であった。

高潔な精神と強い正義感を持つ彼の姿は、幼い藤川の目にも眩しく映り、彼に憧れて警察官になった、といっても過言ではなかった。

彼に訴えかけてみよう。思い立つともう実行してみずにはいられなくなり、藤川は廣瀬からの電話を早々に切ると、会議室をそっと抜け出したのだった。

面談にはアポイントメントが必要だろうが、上司からの言いつけを破り行動している身であるゆえ、飛び込みで会いに行くしかない。

果たして久城は会ってくれるだろうか。自分のことを覚えてくれてはいたが、話に耳を傾けてくれるかはわからない。

巡査部長である自分が警視正である参事官に直訴するなど、それだけで処分の対象になる行動である。しかし、久城であれば話を聞いてくれるのではないか、という一縷《いちる》の望みを抱き、藤川は彼の執務室を目指したのだった。

ノックをし、返事を待って中に入る。

「君」

運よく久城は部屋にいた。藤川を見て驚いたように目を見開いている。

「久城参事官、お話が」

「どうした、藤川君。君、謹慎処分が下ったんじゃなかったのか?」

「……え?」

立ち上がり、問いかけてきた久城の言葉に、藤川は戸惑いから思わず声を漏らした。

「なんだ、まだ聞いていなかったのか? 君、せっかく本庁に来られたというのに、着任早々、なぜ問題ばかり起こすんだ?」

久城の眉間にはくっきりと縦皺が刻まれていた。

「問題を起こしたつもりはありません。参事官、話を聞いてはもらえませんか」

きっと久城には林か誰かから、自分が命令に従わず、勝手なことばかりしているといった情報が上がっているのだ。それで謹慎処分が下されることとなったのだろう。

しかしそれには理由がある、と藤川は説明しようとしたのだが、返ってきた久城の言葉を聞き、すべては無駄だと判断せざるを得なくなったのだった。

「聞くべき話はない。警察官として君に必要なのは、上司である林君の命令に従うことだ。送致と決まった事件を調べ直してどうする。さあ、早く部屋を出ていきなさい。林君は一体、何をしているんだ」

「……上司の命令に従い、身代わり自首を受け入れることが警察官のやることなのでしょうか」

この口ぶりでは久城もまた、海音寺の圧力に屈した一人だと判断せざるを得ない。藤川の中で久城の持つ理想の警察官としてのイメージが今まさにガラガラと音を立てて崩れていく。

「身代わりなどという報告は受けていないよ。さあ、早く出ていきなさい」

声を荒らげた久城の顔は、藤川には醜く歪んで見えた。

『大丈夫だ。僕ら警察が皆を守る。君のことも勿論』

きっぱりとそう言い切り、ナイフなどものともせずに誘拐犯へと向かっていった彼はもう、いないということか。

もしや、と藤川は、今この瞬間、久城が自分を訪ねてきたその理由に気づき、確かめるべく問いかけた。

「久城参事官は私を覚えていたわけではなかった。海音寺勇人の息子がかかわった事件の捜査を長引かせようとしている刑事がいるとわかり、林係長になんとかしろと言いに行っただけだったんですね」

「いいから早く部屋を出なさい！　軽々しいことを口にするのはやめるんだ！」

海音寺勇人の名を出したからか、久城の顔は更に歪み、声音は厳しくなった。つかつかと藤川に歩み寄り、腕を掴んで外へと出そうとする。

この手なら、今この瞬間にも振り払うことができる。既に彼は身体の鍛練を積むことをやめているとわかった藤川の口から思わず溜め息が漏れた。

身体だけでなく、心もまた鍛錬を忘れてしまったに違いない久城の手を掴み、自身の腕から外させる。

「何をする！」

それを抵抗ととったらしい久城が鬼の形相になり、再び腕を掴もうとしてきたのをすっと避けると、藤川は、久城に対し深く頭を下げた。

「失礼します。あなたに憧れ警察官になりましたが、憧れがなくなっても今後も警察官として正義を貫きたいと思います」

一気にそう言い切ると藤川は、

「待ちたまえ！」

と怒声を張り上げる久城を無視し、部屋を走り出た。

そのまま廊下を進み、ちょうど来ていたエレベーターに乗り込む。

「…………」

落胆という言葉では足りないほどの落ち込みが、藤川の胸にはあった。

正義というのはなんなのだろう。いくら本人が納得しているからといって罪を犯してもいない人間を逮捕する。それを『正義』といえるだろうか。

いえるわけがない。罪は犯した人間が償うべきものだ。どのような立場の人間であっても、自身のやったことには責任を持たねばならない。人を殺したのならその罪を認め、相応の刑に服さなければならない。それが『正義』ではないのか。

エレベーターは停まることなく一階に到着し、扉が開いた。

よし、と藤川はまたも一人拳を握り締め、箱から出て歩き始めたが、彼の胸には新たな決意が生まれていた。

こうなったらもう、『真犯人』と思われる人物に直接ぶつかり、自首を促すしか道はない。藤川の胸に生まれた『決意』はそれだった。

大学前で待ち伏せていれば、捕まえることができるのではないか。一対一で話したいと持ちかけ、説得を試みる。父親に助けを求められればまた妨害が予想されるが、だからといって何もしないでいることは、藤川にはできなかったのだった。

当たって砕けろだ。砕けた先に待っているのが懲戒処分であっても、それを恐れて何もやらないというのは藤川の考える『正義』ではなかった。

ポケットに入れたスマートフォンが着信に震えている。画面を見ると、かけてきたのが廣瀬とわかったため、そのまま出ずにすませることにした。

彼にはもうこれ以上、迷惑はかけられない。彼は監察医として捜査にはかかわっているが、警察官ではない。巻き込むわけにはいかない、と藤川は一人頷いた。

廣瀬は警察官ではないが、彼の胸には自分と同じ『正義』があるように感じる。それだけにもしも彼が、自分がこれからやろうとしている行動を知れば『付き合う』と言いだしかねないと、藤川はそれを案じたのだった。

不思議なものだ――ちょうどやってきた空車のタクシーに手を挙げ、乗り込んだあとに、藤川は廣瀬へと思いを馳《は》せた。自然に、ふっと息が漏れ、自身が小さく笑っていることに気づく。

第一印象は最悪だった。それは向こうも同じだったのではないかと思う。いけすかない奴。好きになれないタイプだと思っていたが、行動を共にするうちに実はかなり中身が似ていることに気づいていった。

正義感が強いところ。自分の仕事に自信があり、とことん責任を取ろうとするところ。黒帯保持者、というのも同じなら、相手に対し気を遣う、というところも似ている気がする。

気を遣うのは、迷惑をかけたくないから。人が傷つくよりは自分が損をしたほうが気が楽、と、彼もきっと思っているに違いない。

似た者同士であるから、第一印象が悪かったのかもしれない。

同族嫌悪とでもいうのか。『同族』などと言ったら、彼は完璧に嫌な顔をするだろう。想像するだけで笑える、とまたも思わず微笑んでいた藤川は、こんなときなのに我ながら呑気だな、と尚も笑ってしまったあとに、気を引き締めなければ、と頬を両手で軽く叩いた。

「お客さん、H大でいいんですよね？」

運転手の視線を感じ、バックミラー越しに見やると、ちらちらと藤川の様子を窺っていたらしい彼が焦った口調で問いかけてくる。

「はい。早く到着したいので。高速、混んでないようなら乗ってもらえますか？」

身を乗り出し、そう告げた藤川に運転手は「わかりました」と返事をすると、カーナビで渋滞状況を見始めた。

「大丈夫みたいですね。それじゃ、上で行かせてもらいます」

昼間からの、しかも長距離客に機嫌をよくした運転手がアクセルを踏み込む。

待っていろ。海音寺勇作。

加速する車の中、不遜《ふそん》な態度を貫いていた父親の威を借る生意気な大学生の顔を思い浮かべていた藤川の拳は、またも固く握られていたのだった。

＊＊＊

警視庁に向かうタクシーの中、京の携帯電話が着信に震えた。ポケットから取り出し画面を見ると、かけてきたのがこの間番号を交換したばかりの若い刑事、城とわかり、嫌な予感を抱きつつ京は応対に出た。

「はい、廣瀬です」

『あ、京先生！　今、どちらです？』

京の抱く『嫌な予感』をますます増幅させるような城の焦った声が電話の向こうから聞こえてくる。

「警視庁に向かっているんだが、どうした？　もしかして藤川君絡みか？」

城から電話をもらうような用件は一つしか思いつかない。それで問いかけた京の予想どおりの答えが城からは返ってきた。

『そうなんです。藤川さんが行方不明なんです。てっきり京先生と一緒かと思ったんですが……』

「行方不明って、藤川君、警視庁に戻ったはずだが？」

言ったあと、なぜ知っていると突っ込まれるかもしれないと身構えた京だったが、城は気が動転しているようで、気づくことはなかった。

『戻ったあと、会議室で待機を命じられていたのに、いつの間にかいなくなってしまったんです。林係長はもうカンカンで。すぐに捜し出せと言われてるんですが、京先生、藤川さんが行きそうなところにどこか心当たりはないですか？』

「心当たりと言われても……」

いなくなった、というのはどういうことなのだろう。何を思って姿を消したのか。処分は受けたのか。受けないのか。まずはそこを教えてくれ、と京は城に問いかけた。

「なぜ藤川君は姿を消したんだ？　呼び戻されたあとは叱責されただけか？　謹慎などの処分

は受けたのか？」

『謹慎処分を受けるはずだったんですが、ちょうど林係長が不在だったもので会議室で待機させられていたんです。林さんが部屋に行ったときに室内はもぬけの殻だったそうで』

「あと……」

京の耳に、先ほど電話で話したばかりの藤川の声が蘇る。

『……「正義の人」を一人、思いついた。どうせ処分を受けるのなら最後にトライしてみようと思う。直訴してみるよ』

結果を報告する、と言っていたにもかかわらず、連絡はなかった。彼が思いついた『正義の人』とは誰なのか。それを京は尋ねたかったのだが、直感的に城は知らないのでは、と思えてやめたのだった。

それでも一応確認はしておこう、と言葉を選び、問うてみる。

「誰か、会議室で藤川君とコンタクトをとった人間はいないのか？　または藤川君が誰かに会いに行ったりは？」

『わかりません。いつの間にかいなくなってしまっていて……』

やはり城は知らないようだ。知らないのは城だけか。それとも誰にも知られていないのか。

一体藤川が言っていた『正義の人』とは誰なのだろう。

伝えると言っていた結果を伝えずに姿を消したのは即ち、彼の見込んだ『正義の人』が思うような対応をしてくれなかったということだろう。

信頼を裏切られた藤川は今、どれほど傷ついていることか。彼の心中を思う京の胸もまた、痛みを覚える。

『京先生？』

沈黙が続いたからか、電話の向こうから城が訝しそうに声をかけてくる。こうしてはいられない、と京は早々に電話を切ることにした。

「わかった。俺も行方を捜してみる。何かわかったら連絡を入れる」

『よろしくお願いします』

焦燥感が表れている城の声を聞きつつ京は電話を切ると、改めて藤川失踪の意味を考えた。

処分を受ける前に姿を消した——謹慎となれば警察手帳は没収される。それより前に行動を起こそうとしたのではないか。

となると行き先は一つしか考えられない。思いついた京は運転手に向かい身を乗り出し、行き先の変更を告げた。

「申し訳ない。警視庁ではなくH大に向かってもらえませんか？」

「H大？　八王子《はちおうじ》の？」

運転手が驚いたように目を見開く。

「はい」

「わかりました。高速、使います？」

「はい。混んでいなければ」

おそらく、藤川もすぐにも到着したいという思いでH大学に向かっていることだろう。彼が考えていることが、手に取るようにわかる気がした。

最早、時間はない。周辺から証拠固めをし、真犯人を追い込んでいくという悠長なことはしていられないと思ったであろう彼は、真犯人を説得しようと試みるのではないか。

どこから圧力がかかろうとも、本人が自首すれば問題なく逮捕、起訴できる。

実際、あの海音寺勇作を説得できるかと考えた場合、可能性は限りなくゼロに近いとしか思えない。それでもトライするのが藤川という男だ。

まだ知り合って日が浅いものの、確信ともいうべきものが胸にあるのはおそらく、京が自分との相似点をいくつも見出していたためだった。

第一印象は最悪だった。誤解から罵倒され、謝罪した直後にまた怒鳴りつけられた。飲み会でも鼻持ちならない男と思い込まれ、当てこすられてむっとしたのはついこの間のことだ。

それでも共に捜査に当たるうちに、誰より真っ直ぐで、誰より真剣な正義への思いを感じることができ、気づけば驚くほどのスピードと深さで惹かれていった。

そう。惹かれているのだ。自分は。彼に。

それゆえ、彼の身を守りたいと願う。綺麗、という表現では足りないほどの絶世の美貌の持ち主であるのに、言動は無鉄砲で危ういことこの上ない。美貌を活かす術《すべ》を本人わかっているつもりのようだが、今の程度で足りる『美貌』ではないことはわかっていないと思われる。

しかし、そこが彼らしいといえばらしい。本当に何から何までもが好ましい。いつしか微笑んでいた京は、いつの間にこんな気持ちに、と右手で己の頬を撫で、笑みを消そうとした。

勇作は大学生ではあるが、彼のバックには警察をも黙らせる権力を持つ父親がついている。ボクシングの学生チャンピオンであることについては、八百長かもしれないから、という理由からではなく、まず彼の拳を受けることはあるまいと、そう心配はしていなかった。が、手負いの獣が何をしでかすか、わからないとは案じていた。

頼むから早まった真似はしないでくれ。祈りつつ車が早く目的地であるH大学に到着することを待ち侘《わ》びる京の頭には、きっと今頃同じようにH大に向かっているであろう藤川の美しすぎるその顔が浮かんでいた。

＊＊＊

H大前に到着した藤川は、どうやって海音寺勇作を待ち伏せるか、早速悩むこととなった。

校門の外には身を隠せるような場所はない。しかし構内に入る学生、出る学生、悉《ことごと》く藤川の美貌を見やりつつ通り過ぎていく。

目立って仕方がない。朝、ちょっとした騒ぎになったので、自分が刑事であると覚えている学生がいないとも限らない。もし待ち伏せしていると勇作に知られれば、正門から出てこなくなることにもなりかねない。

いっそのこと、手帳を守衛に見せて中に入るか。同じ『目立つ』のならそのほうが確実に勇作に会えるのでは。

既に処分は免れない身だ。やってやるか、と足を踏み出したそのとき、校門を出てくる三人の若者の姿が藤川の目に飛び込んできた。

間違いない。勇作だ。笑いながら歩いている彼へと藤川は駆け寄っていく。

「おい」

傍にいた友人が先に、藤川に気づいた。勇作の腕を掴み、知らせた直後、勇作は顔を歪めたかと思うと回れ右をし、そのまま校門内へと駆け去ろうとした。

「ちょっと待ってくれ！」

まさか逃げるとは思わず、藤川は慌てて勇作のあとを追った。

「ちょっと！」

守衛の焦る声を背に、物凄いスピードで走り続ける勇作の背を追っていく。幾棟もの建物の間を抜け、駆け続ける勇作の姿も、そのあとを追う藤川の姿も、これでもかというほど注目を集めているのがわかった。

「君！　海音寺君！　なぜ逃げるんだ！」

それゆえ藤川は、更に注目を集めれば勇作は足を止めざるを得なくなるのではと考え、敢えて大声を上げて彼を呼び止めようとした。だが勇作の足は止まるどころか更に加速し、いよいよ校舎の裏の、人気《ひとけ》のない場所へと向かっていった。

「海音寺君！」

武道系ならなんでもこなす藤川は、足の速さにも自信を持っていた。ようやく裏庭ともいうべき草地で勇作に追いつき、腕を掴む。

「離せっ」

勇作は藤川の腕を振り払おうとして、バランスを失いその場に倒れ込んだ。

「大丈夫か」

かなり彼の息は切れている。具合でも悪くなったのかと案じ、草の上に座り込んだ勇作に藤川は手を貸そうとしたが、次の瞬間、それが彼の『作戦』であると見抜いた。

素早く立ち上がった勇作の拳が藤川の頬めがけて飛んでくる。だが既にその気配を察していた藤川は容易く避けると拳を握る勇作の手首を捕らえ、話を始めようと試みた。

「離せって！」

勇作は喚き、左の拳を藤川の腹めがけて突き出してくる。

「逃げたり殴りかかったり。これじゃ君、何か疚しいことがあるみたいじゃないか」

朝は余裕綽々《しゃくしゃく》だったのにと、疑問を覚え問いかけた藤川の手を振り払うと勇作は、

「うるさいっ」

と喚きながら次々パンチを繰り出してきた。

「お前のせいで！　お前のせいで！　何もかもめちゃめちゃだ！　畜生！」

「俺のせい？　何が？」

興奮しているからかもしれないが、勇作の拳はとても、学生チャンピオンのそれには藤川には見えなかった。

猫パンチかよ、と簡単に避け、逆に勇作の腕を再び掴む。

「離せってんだよ！」

勇作はまたも強引に藤川の手を振り払おうとした。

「離すよ。会話が成立するなら」

ほら、と本当に手を離し、勢い余ってつんのめりそうになった勇作に、藤川は屈み込み手を貸そうとした。

「何が俺のせいなんだ？」

「うるさいっ！」

勇作が喚いたと同時に殺気を覚え、藤川は咄嗟に身体を起こした。直後に目の前に光るものが掠《かす》め、それがナイフの切っ先であると察し、愕然となる。

「ナイフ？　そんなものを振り回すなんて、本当にどうしたんだ！」

「お前のせいで！　お前のせいで‼」

喚きながらナイフを振り回す勇作を前に、藤川は焦りを感じていた。

朝から今までの間に、勇作の中でどのような気持ちの変化があったかはわからない。だが今、彼はかなり追い詰められているようだった。

倒そうという意図をもっての攻撃なら、予測ができる。だが、こうも闇雲に斬り掛かられては、相手に怪我させることなく組み伏せる自信がなかった。

「おい、どうした」

「海音寺君？　何やってるの？」

その上、ただならぬ空気を察したらしい学生や大学の職員たちがわらわらと裏庭に集まってきてしまい、彼らの存在がまた、勇作の興奮を煽っているようだった。

「お前が！　お前があんなことを言うから！　誰も彼もが人を変な目で見やがる！　お前が！　お前さえ来なければ！」

相変わらず勇作は喚きまくり、ナイフを振り回し続けていた。

「ナイフ？」

「なにあれ！　やっぱり海音寺さん、何かしたの⁉」

野次馬たちの間から悲鳴が上がる。

マズい。ますます興奮させてしまう。焦ると同時に藤川は、なんとなく勇作の『興奮』の理由を察していた。

Ｈ大学の学生である前田の死はそれなりに学内で注目を集めていただろう。すぐに犯人が自首し逮捕されたことで、痛ましい事件として流されるところだった。

そこに刑事が乗り込み、海音寺があたかも関係しているかのようなことを大声で喚いた。それを聞いた学生たちが、もしや、という疑いを抱くようになったのでは。

直接、問いかけてくる相手はいなかったかもしれない。だが、聞こえよがしな噂の声が彼の耳に入ったのではないか。

あの日、飲み会に参加した拳闘部の学生たちも、圧力をかけられたことを他人に漏らしたかもしれない。

周囲でヒソヒソと自分を誹謗《ひぼう》する囁きを聞くうちに、張り詰めていたものが解け、こうして攻撃的にならずにはいられなくなったのではないだろうか。

「落ち着け。罪の意識があるうちは大丈夫だ！　君はまだ更生できる。言いたいことがあるなら警察に行こう。な？　だからナイフは収めろ。これ以上、罪を重ねることになる。わかるな？」

なんとか説得したいと思うのに、興奮しきっている勇作の耳に、藤川の声は届いていないようだった。

「お前さえ！　お前さえ来なければ！　全部親父がなんとかしてくれたのに！　お前のせいで

俺は……俺の将来は、もう、めちゃめちゃだー‼」

振り上げられたナイフが、藤川の顔に向かって振り下ろされる。

マズい。避けきれるか。急所が狙われているわけではない。最悪、顔に傷は残るだろうが生命の危機はないだろう。

少しでも血が流れれば、逆に勇作も落ち着くのでは。避けることを諦めた一秒にも満たない間に藤川はそれら一連のことを考えたのだが、次の瞬間、弾丸のような勢いで身体をぶつけてきた男により、凶刃《きょうじん》から逃れることができたのだった。

「そのくらい、避けられるだろう！」

聞き覚えがありすぎる声が響いたと同時に突き飛ばされ、地面に沈む。

喚いている勇作を押さえ込んでいたのは――廣瀬だった。

「離せ！　離せよう！」

「ど、どうして……」

ここに、と問おうとした藤川に廣瀬が、厳しい顔で声をかけてくる。

「早く通報しろ！　これだけの証人がいるんだ。こいつの親父がどんな圧力をかけてこようが、抑え込めるもんじゃない。なんなら俺も証言するよ。海音寺勇作がナイフを振り回しながら何を叫んでいたかを！」

「……京……さん」

呼びかけた藤川を見る、廣瀬が意外そうな表情となる。

「……え？」

なぜ、そんな顔を。わけがわからず問いかけた藤川の頬は、廣瀬からの返しを聞き、一気に赤らむこととなった。

「いや……初めて名前で呼ばれたと思っただけだ」

「……あ……」

言われてみれば確かに。認識したと同時に、動揺が藤川の胸に押し寄せてくる。

「早く、通報しろよ」

「あ、ああ」

燃えるように頬が熱い。自覚しつつも状況を持て余していた藤川の視線の先では、凛々しいとしかいいようのない表情をした廣瀬が暴れ続ける勇作を押さえ込んでおり、確かにすぐに通報せねば、という考えを改めて藤川に抱かせたのだった。

11

間もなくやってきたパトカーに海音寺勇作は乗せられていった。

「……助かった」

同乗を望んだが受け入れられなかったため、H大学に残らざるを得なくなった藤川が、京に向かい頭を下げてくる。

「……なんで電話に出ないんだ」

恐れていたことが現実になっていた。下手をすれば怪我を負っていたのではないかと思う。もっと自分を大切にしろ、という思いを込め、睨んだ先では、藤川が申し訳なさそうな顔となり、再度頭を下げて寄越した。

「申し訳なかった。廣瀬さんを巻き込みたくなかった」

そんな謝罪の言葉を聞きたかったわけではない。その思いが自然と京の口調を厳しくしていた。

「俺がどうこう、ということじゃない。お前、その顔、刺される気満々だっただろう？」

「え？」

どうしてわかったのかという驚きを隠せないでいる藤川へと京は歩み寄ると、ぽん、とその肩を叩き、おそらくむっとさせるであろう言葉を告げたのだった。

「自分を大事にしろよ。実は見た目に一番拘《こだわ》っているのは自分なんじゃないか?」

「……余計なお世話だ」

藤川が吐き捨て、場に沈黙が訪れる。

やはりむっとさせたか、と内心肩を竦めつつも、この先藤川が同じような過ちを犯さないよう、ここはきっちり言い聞かせねば、と京は言葉を続けた。

「不愉快にさせることを覚悟して言わせてもらう。前にも指摘したはずだ。腕に覚えがある人間ほど危ないと。君は確かに強いさ。だが過信は禁物だ。世の中には君より強い人間はいくらでもいるし、たとえ弱い人間でもナイフや拳銃を持っているような相手にはかなわない。なのに向かっていくのは無謀だ。馬鹿のすることだ」

「先に『不愉快にさせる』と予告すれば何を言ってもいいと思うなよ」

更に怒らせることを京は予測していたが、その予想は外れたようで藤川は怒ることなく苦笑し、京の肩を叩き返してきた。

「確かに、無謀だったし馬鹿だったよ。相手はもう一人殺しているに違いないと、俺自身が思っていたはずなのにな」

「……そっちのほうも、これでうやむやにはできなくなったんじゃないか? これだけの騒ぎになれば」

「だといいけどな」

京の言葉に藤川が肩を竦める。

「あまり期待はしていない？」

その口ぶりだと、と京が訪ねると藤川は、

「希望は持っているけれど、なかなか難しいんじゃないかとは思ってる」

複雑そうな表情を浮かべながらそう告げ、一人頷いてみせた。

「何があった？」

やはり彼は信じていた『正義の人』に裏切られたのではないか。そしてそのことに酷く傷ついているのではないか。

藤川を案じる京の胸がズキ、と痛む。

自分が傷ついたわけでもないのに、と自然と胸に手をやってしまっていた京の目の前、藤川が、ふっと笑い、首を横に振る。

「まあ、色々と。そのうちに話すよ」

京を見てそう告げた彼の顔は笑っていた。

「謹慎処分が下っているらしいから、当面は無理かもしれないけれど……ああ、更に重い処分が待っているかも」

そろそろ帰るわ、と藤川が京の腕のあたりをぽんと叩く。

「それじゃ、また」

「なあ」

踵を返そうとする藤川に京は、声をかけずにはいられなくなった。

「え？」

まだ何か、と藤川が訝しそうに問い返してくる。

彼に対し、自分は果たして何ができるだろう。一瞬のうちに考えたものの、これ、という答えは出なかったため、京は何を言うこともできずにいた。

「……？」

なんだ、と軽く首を傾げたあとに、藤川が前を向き歩き始める。

「今夜、飲まないか？」

話をしたい。つらい体験をしたにせよ、人に話すことでいくらかはつらさが和らぐのではないかと思う。

彼はまったく望んでいないかもしれないが、それでも彼の心の重荷を少しでも軽くしてやりたい。

放っておいてくれ、と言われたら踏み込むことはすまい。でも少しでもつらさを癒《いや》すことができるのなら、そうしてあげたい。いや、『したい』。

押しつけがましいことはしたくなかった。だがこのまま別れるのは嫌だった。それで京は藤川を咄嗟に飲みに誘ったのだが、承諾してくれる可能性は低いだろうと覚悟していた。

なので、一瞬の間のあと藤川が、

「ちょっと状況が読めないんだが、行かれたら行くというのでいいか?」

と答えてきたときには素で驚き、思わず大きな声を上げていた。

「来てくれるのか!?」

「……なんでそんなに驚くんだ? 社交辞令で誘っただけか?」

藤川がむっとした顔で問いかけてくる。

「いや、嬉しいよ。来られそうなら連絡をくれ。待ち合わせは……ああ、この間飲んだバーにしよう。いいかな?」

「ああ、あの、ワケアリのバーテンダーのいる店だな。わかった」

じゃ、またあとで、と藤川が少し照れたように笑って手を振る。

「ワケアリじゃないと思うぞ」

その背に声をかけた京の顔にも笑みがあった。

誘いを受けてもらえたことになぜ、こうも胸が躍るのか。その理由から目を逸らしているのももう限界だ、と京は苦笑し、己の胸をトン、と叩く。

いつの間にか、惹かれていた。第一印象は最悪だったはずなのに、今は彼の気持ちを引き立てたくてたまらなくなっている。

顔——ではないと思う。綺麗な顔だと思うし、見惚れもするが、だから惹かれた、というわけではなかった。

危なっかしいな、と案じていた時点でもう、惹かれていたのかもしれない。綺麗な顔には似合わない振る舞いの一つ一つに新鮮な驚きを覚えた。

受け身ではなく、能動的な性格が好ましかった。当たって砕けろ的な、危うい一面も放っておけない気持ちにさせられた。

これはもう——。

己の胸に溢れる想いがなんなのか、最早京は悟っていた。

しかしそれを藤川に伝えるか否かは迷うところだ、と一人苦笑する京の胸ポケットに入れた携帯電話が着信に震える。

画面を見ると、かけてきたのが城とわかり、そういや聞くばかりで報告はしていなかった、と思い出した。

「城君、悪い。藤川君とは会えたよ」

『え？　本当ですか？　藤川さんは今どこに？』

驚いた声を上げる城に京は、

「警視庁に戻ると言っていたよ」

と教え、安心させてやった。

『よかったです。もう上司はカンカンで。フォローも限界って感じだったので』

やれやれです、と続ける彼に京は、まだ本庁には連絡がいっていないのだろうかと思いつつ問いを発した。

「ところで、立川署から連絡はあったか？」

『立川署？　いえ、特には』

なんのことです？　と問うてくる城に、

「そのうちにわかるよ。それじゃ」

自分の口からは言うのは憚られる。それで京はそう言い一方的に電話を切った。

「…………」

しまったな。藤川にどんな処分が下るかを聞き出せばよかった。聞けばきっと簡単に教えてくれたに違いないのに。

しかしそれは、本人から聞くこととしよう。夜、共に飲むことができると信じて。

何時まででも待てる気がする。彼ならば。

処分が下るにしても重くはないといい。そう願う京の脳裏にはそのとき先程見たばかりの、藤川の少し照れたような笑みが浮かんでいた。

その後、京もまた法医学教室に引き返し、雑務をこなした。

「来たりいなくなったりまた来たり。有休だとしてもフリーダムすぎますよ」

珍しく不満をストレートにぶつけてくる後藤を適当にいなしつつ、仕事を進める。

そのうちに後藤のところに、城からメールか何かが来たようで、驚いた様子で京のもとにやってきた。

「京さん、この間の学生が撲殺された事件、あれ、犯人やっぱり別にいたんですって。誰だと思います?」

「さあ」

これで別の名が出てきたら相当驚く。とぼけながらもそう思っていた京は、後藤が予想どおりの答えを告げたことに安堵の息を吐いた。

「なんと。海音寺代議士の息子ですって。自首してきた男はその息子に身代わりを頼まれたんだそうです。刑期を終えたあとには一億支払うという条件で」

「一億ねえ……よく信じたたな。それ以前に一億で前科者として一生終えてもいいと思った感覚もわからないが」

「確かに。大金じゃないとは言いませんけど、この先の長い人生、安泰に暮らせるという金額ではないですよね」

うんうん、と頷いた後藤がここで、ふと、訝しげな顔になる。

「京さん、あまり驚いていないですね？　もしかして知ってました？」

「いや？　それより、どういう経緯で逮捕となったんだ？」

いつもながら、鋭いな、と感心しながらもすっとぼけることにした京は、実際『知らなかった』経緯を問うてみた。

「……本当に知らなかったんですか？」

後藤は怪しみつつも、京の問いに答え始める。

「別件で逮捕されたその取り調べ中にゲロったんですって。なんでも彼、今日H大で暴れたそうなんですが、そのとき犯行について喚いていたのを居合わせた生徒たちが動画サイトにアップして。それを見て観念したそうです。もう誤魔化すことはできないと」

「……そうだったのか」

言われてみればあのとき、何人もの学生たちがスマートフォンを藤川と勇作に向け翳していたような気がする。

「しかも、城君ははっきりとは言わないんですが、どうやらこの件に愛しのレイラ刑事が絡んでるみたいです」

「愛しのレイラなんて言うと怒られるぞ」

藤川は『かかわっていた』どころか、彼の力で真相が暴かれたといってもいいほどである。なぜそれを城は言い渋るのか。やはり処分は免れなかったのかと案じながらも、それを確かめることはできず、京は後藤の頭を軽く叩くと、話をそろそろ切り上げようとした。

今の口振りでは後藤は何も知らないと判断したためである。

「藤川さん、着任早々、始末書書かされてるって。何かあったらしいんですが、城君の耳には何も入ってこないと、ぶうたれてました」

「始末書……」

謹慎、もしくはそれ以上の処罰を受けるのではと心配していたのだが、始末書ですんだとしたらラッキーだったといえるのではないだろうか。

よかったな、と自然と微笑みそうになっていた京は、気づいた後藤に、

「なんで笑うんです？」

ときっちり突っ込まれ、慌てて言い訳を捻《ひね》り出した。

「始末書は気の毒だが、真犯人が見つかってよかったじゃないかと思ったのさ」

「まあ、それはそうですけどね」

後藤は釈然としないという表情のまま、じっと京を見つめてくる。隙を与えると質問攻めに遭いかねない、と京は早々に仕事を切り上げることにした。

「それじゃ、今日は帰るわ」

「え？　マジですか？」

唐突すぎたのか、後藤が驚きの声を上げる。

「ああ、ちょっと用があってな」

「本当に京さん、フリーダムなんだから」

飲みに誘いたかったのに、と膨れる後藤に、

「また今度な」

と声をかけ、後藤以上に訝しげな視線を向けていた青木と榊原にも、

「お先に」

と挨拶すると、上着を手に席を立った。

「なんか先生、浮かれてますね」

「デートじゃないのぉ？」

さすが年の功、見抜かれているな、と、榊原本人には決して言えないことを心の中で呟きつつ、京は職場をあとにし、藤川との約束のバーへと向かったのだった。

＊　＊　＊

カランカランとカウベルの音が店内に響く。

「いらっしゃい」

やはりワケアリにしか見えないバーテンダーに迎えられ、藤川はカウンターに腰を下ろした。

「ジントニック、お願いします」

「はい」

頷き、淡々と酒を作り始めたバーテンダーの動きを眺める藤川の脳裏に、この場所で会う約束をした彼の——廣瀬の顔が浮かぶ。

もし、あのとき彼が現れなければ、自分は今頃病院で治療を受けていたことだろう。顔に傷ができるくらいはどうでもいいとは思っていたが、その分、海音寺の罪が重なることになったのだと、あとから気づいて藤川は反省したのだった。

それを廣瀬に言えばおそらく、反省すべきはそこではないと、また怒られることだろう。今まで、何度彼に諭《さと》されてきたことか、と首を竦めた藤川の顔には、だが、笑みがあった。

廣瀬のようなタイプの男には、初めて会った。おおらかで、お節介なくらいに世話焼きで、正義感が誰より強い。

そして自分の仕事に命をかけていると、少しも照れることなく言い切る潔さ。今時あんな熱苦しい台詞、ドラマの主人公だって言わないんじゃなかろうか。だが彼が言うと少しも熱苦しくも、嘘くさくも感じない。きっと本心から、そう思って——命をかけて、死者の最期の声を聞くという仕事に取り組んでいるからだろう。

そういうところも好ましいんだよな――『好ましい』？

「……え……？」

今、自分は何を思ったのか。心の中での己の呟きに藤川は動揺してしまっていた。

「おかわりですか？」

小さく漏らした声を聞きつけ、確か夏男という名だったバーテンダーが、愛想なく問いかけてくる。

「あ、いえ……あ、やっぱりおかわりお願いします」

あわあわするあまり、藤川はバーテンダーにそう告げてから、まだグラスに半分ほど残っていた酒を一気に空けた。

『好ましい』

なんだこの感情は。

第一印象は最悪だったんじゃなかったか？　気が合わない、虫が好かないと思っていたはずだった。

かかわり合ううち、触れ合ううちに、いつしかマイナス感情はなくなっていた。もっと彼と話がしたい。事件にかかわることだけではなく、仕事に対する思いとか、人生に対する思いとかを是非、聞いてみたい。

「お待たせしました」

バーテンダーがジントニックを藤川の前に置いたあと、何か話しかけようとする素振りを一瞬見せた。

が、すぐ、会釈をし立ち去ろうとする。そんな彼を藤川は思わず呼び止めていた。

「あの、すみません」

「……はい」

バーテンダーはたじろいだ様子となったあとに、それまでどおりの感情を含まぬ表情、声で返事をして寄越した。

「……廣瀬さんと待ち合わせているんですけど、彼、よくこの店には来るんですよね」

何を言おうとしたのですか、と問うつもりだったが、尋問っぽいか、と他の問いを探そうとした結果、自分でもなぜそれを、ということを聞いてしまっていた。

「……はい」

バーテンダーが頷く。

自分が話しかけない限り、会話はまったく発展しないのだということに藤川は気づいたものの、何を話せばいいのかわからず、やはり黙り込んでしまった。

沈黙が三十秒ほど流れる。もう、飲むしかないかと藤川がグラスを手に取ったとき、夏男が口を開いた。

「廣瀬さんのことを知りたいんですか?」

「……っ」

まさか、余計な言葉を口にする気配が皆無だった彼の口から、そんな発言がされようとは。

驚いたせいで息を呑んだだけで終わった藤川に対し、夏男が早口で言葉を発する。

「恋人は少なくとも二年はいません。二年というのは、私の店にいらしてくださるようになったのが二年前ということですが」

「…………いや、その……」

恋人の有無など、聞くつもりはなかった、と言い返そうとした藤川の耳に、幻の己の声が響く。

『聞くつもりはなかったにせよ、恋人がいないと知って今、ほっとしていないか？』

「…………」

そんな。

ほっと――していた。確かに。なぜだ？　なぜ、廣瀬に恋人がいないと知って、ほっとしている？

『好ましい』

好ましい――人柄が、というつもりで思い浮かべたはずの言葉のはずだった。だが深層心理では違ったということなんだろうか。

人柄、という意味ではなく、惹かれている――と？

そんな。

動揺からまた、藤川は目の前のグラスを一気に空けていた。

「恋人とか、そういうんじゃなくて、その……どんな人なのかなと聞きたかったというか」

喋る内容も支離滅裂だ。これじゃますます、訝しがられる。動揺が動揺を呼び、ここはもう、おかわりと言うしかないかと、ある意味追い詰められていた藤川に、夏男は、

「それは失礼しました」

と、慇懃《いんぎん》に詫びたあと、意味深、としかいいようのない言葉を告げた。

「廣瀬さんがこの店に人を連れてきたことがなかったので、てっきりそういうことなのかと」

「……え？」

バーテンダーの言葉に、酷く胸が高鳴る思いがするのはなぜなのか。

最早、藤川は己の気持ちに気づいていた。目を逸らしているのも限界だった、との思いのもと、改めてバーテンダーに問いかける。

「今まで、廣瀬さんがここに連れてきた人は誰もいなかったんですね？」

「はい」

バーテンダーは即答すると、藤川の空になったグラスをちらと見た。

「何かご用意しましょうか」

「お願いします。何がいいかな。ああ、マティーニ」

その酒は確か、前回ここに来たとき、『彼』が頼んでいたものだった。

「かしこまりました」

バーテンダーが頷いたが、その顔に一瞬、笑みが浮かんだことに藤川は気づき、とてつもない羞恥を覚えた。

頬に血が上ってくる。

やはり、そういうことなんだろうな。

恋人がいないと知って、心弾むその理由はもう、一つしかない。しかし、まさかの展開だな、と、藤川が微笑んだそのとき、目の前に新たな酒のグラスが置かれた。

「マティーニです」

「ありがとう」

礼を言い、グラスを手に取る。

『彼』が好きな酒はこれ以外にあるんだろうか。好きな食べ物は？　好きな言葉は？　好きなスポーツは？　映画は？　本は？　言葉は？

『好きな』ものをこうも知りたいと思う、その心理は。

もう、誤魔化すのも限界だ、と藤川は細いグラスの脚を指先で掴むと、そのまま口へと持っていき、一気に飲み干した。

「すみません、おかわり」

「はい」

バーテンダーが淡々と返事をし、酒を作り始める。

店に『彼』が来たら、早速聞いてみよう。好きなものを。苦手なものを。好きな歌を。嫌いな食べ物を。

「…………」

なんだかなあ。

盛り上がっているのはおそらく、自分だけだ。この気持ちを本人に伝えられるだろうか。

酔いに手伝ってもらうしかない。素面《しらふ》では到底無理だ。酩酊《めいてい》してしまおう。

男らしいとはいえない行為だが、それ以外に己の気持ちを伝える術を、藤川は持ち得なかった。

酔っても無理かもしれない。我ながら弱気だ、と呆れながらも藤川の手はグラスへと伸び、その後も何度もバーテンダーにおかわりを要求してしまうこととなった。

＊　＊　＊

まだ来てはいまいと思いながらも、バーに顔を出した京は、店内で一人座っていた藤川の姿を見て驚きの声を上げた。

「早いな」

「マスコミが来る前に帰れと言われたんだ」

憮然とした表情でそう告げ、グラスを呷る藤川は、一体いつからいたのか、既に酔っている様子だった。

「聞いたよ。真犯人逮捕だそうで」

よかったな、と背を叩きながら隣のスツールに腰を下ろし、目の前に立ったバーテンダーに、

「ジントニックを」

と注文の品を告げる。

「はい」

夏男はいつものように淡々と返事をし、酒を作り始めた。横で藤川が一瞬、なんともいえない表情となったあとに口を開く。

「よかった……うん。よかったと思う。本人のためにもな」

うん、と頷くと藤川もまたバーテンダーに向かい、

「俺もジントニック、お願いします」

と声をかけたが、その声の大きさからしてもかなり酔っているのが京にはわかった。

「はい」

同じくバーテンダーは淡々と返事をしたものの、飲みすぎでは、とでも思ったのか、少し心

配そうな顔となっている。

夏男がそんな表情を浮かべるとは珍しい。相当飲んでいるということか、と心配になり、京は藤川の顔を覗き込みつつ問いかけた。

「何杯飲んだんだ？」

「さあ。かれこれ一時間ほどいるから」

もう覚えていない、と笑う藤川はやはり、かなり酔っているようである。一人で飲むとは水くさい、と、京はつい、責めるようなことを言ってしまった。

「電話してくれればもっと早く来たのに」

「別に早く来なくていいよ。楽しく飲んでいたし、それに……」

藤川が喋っている途中で、バーテンダーの夏男は京と彼、二人の前にジントニックを置くと、一瞬だけ、名残惜《なごりお》しそうにしたものの、無言のまま奥へと引っ込んでいった。

「『それに』？」

話の続きを促した京に、

「気を利かせてくれたんだよな？」

藤川は逆に京にそう問いかけてくる。

「ああ。多分」

頷き、再び問いを発しようとした京の言葉に被せ、藤川が口を開いた。

「事件について話そうか」

彼は一体、何を言いかけ、なぜ告げるのをやめたのだろう。これ、と想像できるものはないが、本人が望んでいないものを強引にさせることもない、と京は思い、話を先に進めた。

「……ああ」

藤川が頷き、話し始める。

「立川署から、勇作が自白したと連絡があったそうだ。それですべてがひっくり返った」

「『そうだ』というのは？」

「署に戻ったあと暫く会議室で待機させられていて、知ったのは勇作が犯人だとマスコミ発表することが決まったあとだった。海音寺代議士の出方を待っていたんじゃないかと思う」

「息子が自白したことで、罪を揉み消すのを諦めたってことか？」

京が確認をとると藤川は、

「俺がそう感じただけで、そう説明を受けたわけじゃないけどな」

と肩を竦めた。

「Ｈ大での騒動がネットに数多く上げられたために、勇作は罪を隠すのを諦めたんだとは聞かされた。居酒屋で被害者の前田さんと揉めたことについて『疑われたくないから』と部員や居酒屋の店員を黙らせたが、それが逆に部員らの疑いを煽ることになっていたところに刑事である俺が現れたものだから、やはり犯人だったのではないかという噂が一気に加速して広まり、それに勇作は追い詰められた結果、自白したと」

「父親は出張るまでもなかった、ということか」

「息子の罪を誤魔化すために身代わりを立てたと世間に知られることになったからな。火消しに必死のようだ」

「なるほど。息子は後回し、か」

自らの保身が一番ということか、と京もまた肩を竦め、酒を呷る。

「醜いなあ」

「うん。醜いよな」

京は呆れるばかりだったが、藤川は低い声で相槌《あいづち》を打ったあと、はあ、と深く息を吐き出し暫し黙り込んだ。

どうした、と聞きたかったが、話す気になるまで待つか、と今回も京は問うことなく、一人酒を傾ける。

「……一番醜いのは、海音寺代議士の顔色を窺い、出方を待っていた警察かもな」

随分とときが経ってから、ぽつりと藤川がそう漏らし、酒を一気に呷る。

「すみません、おかわり」

京もグラスがちょうど空になっていたこともあり、奥に声をかけてバーテンダーを呼ぶと、彼はすぐに姿を現し、二人分のジントニックを作ってまた引っ込んでいった。

「……前に話しただろう？　警察官になったきっかけ。覚えているか？」

グラスを手に、藤川がぼそ、と話しだす。

「ああ。誘拐されそうになった君を救ってくれた警官に憧れて、だろう？」

覚えている、と頷いた京は、藤川の『正義の人』が誰かにようやく思い当たった。

あの参事官に――確か久城という名だった――直訴し、退けられのではないか。

実は京も一瞬、もしや、と思わないでもなかったのだが、まさか、とその可能性を自分でも気づかぬうちに打ち消していた。

親しげに声をかけてくれたとはいえ、藤川にとっては雲の上の人ともいうべき相手だ。立場や階級の差を思うとよくぞ訪ねていったものだと感心せずにはいられない。

二十年前には『正義の人』であった久城が、参事官という役職についた今、その『正義』を見失っていたのを目の当たりにし、藤川はさぞショックを受けたことだろう。

だからこそのこの酒量か、と京は改めて隣でグラスを傾ける藤川を見やった。

「……腐ってるよな」

京の視線を受け止めた藤川が、やりきれないといった表情となり、はあ、とまた深く息を吐く。

「……君は正義を貫いた。結果、真犯人逮捕に至った。これからも正義を貫けばいい。易き道ではないとは思うが、君こそが『正義の人』となればいいじゃないか」

元気を出してほしかった。理不尽なことはこれから先も山のように起こるかもしれない。正義が権力に屈する場面に何度遭遇しようとも、心折れることなく正義を貫いてほしい。

それが彼の望みでもあるだろうから。

いつしか京の口調は熱を持ち、藤川の肩を叩く手には力が籠もっていた。

「痛いよ」

笑ってそう返してきた藤川の目が酷く潤んでいることに気づく京の鼓動が一段と高鳴る。

綺麗だ。と思った。彼に涙を流させたくないと切実に願った。彼がこれから先も己の正義を貫くことができるよう、自分も尽力したいと思わずにはいられなくなったが、その感情がなんの表れであるかということにも、京ははっきりと気づいていた。

「なんだか、腹が減ったな」

涙を浮かべたことへの照れ隠しからか、少しおちゃらけた口調で藤川がそう言い、グラスを呷る。

「この店のメニューはつまみ程度のものしかないんだ」

店を変えるか、と問おうとした京の頭に、ふと、ある考えが浮かぶ。

「ウチ、来るか?」

「え?」

藤川が驚いたように目を見開き、京を見た。

「焼きそばくらいならすぐ作ってやれる。ゆっくり話もしたいし、どうだ？」

誘いながら京は、果たして藤川はどう答えるかとその口元を見やった。

「……焼きそば、いいね」

藤川がにっこり笑い、グラスの酒を一気に呷る。

まさかの承諾。拍子抜け、かも。

断られると思って誘ったわけではなかった。が、心のどこかで、藤川のほうでは自分に対してそこまで距離を詰める気はないのでは、と諦めていた部分もあった。

「肉、入れてほしいな。あとキャベツもたくさん」

「任せろ」

注文までつけてきたことに、京は喜びを覚えつつ、バーテンダーを呼び会計をすませると、珍しくも何か言いたげにしていた彼に手を振り、藤川と共に店を出た。タクシーを捕まえるべく大通りを目指す。

会計の際、藤川がかなり飲んでいることがわかったが、彼の足取りはしっかりしていた。

「強いんだな」

「酒？　うん。滅多に酔わない」

だが少し声のトーンは高く、相当酔っているのがよくわかる。気づいていないのか。可愛いな、と思わず笑ってしまうと、

「なんだよ」と藤川が絡んできたが、身体をぶつけてくるその仕草も可愛い、と京は思わず噴き出してしまった。

そうこうしているうちに空車のタクシーがやってきたため、乗り込み、自宅の住所を告げる。

「いいところに住んでるんだな」

「築三十五年の古いマンションだけどな」

「いつから？　学生の頃からか？」

「学生の頃は風呂なしアパートだった。そこから考えたらまあ『いいところ』にはなったかな」

無駄話としかいいようのない会話が、京と藤川の間で交わされる。

後部シートに二人並んで腰かけているために、互いの膝が時にぶつかり合う。布越しに感じる温もりが京の胸に動揺としかいいようのない感情を芽生えさせていた。

マズい。この胸のざわつきはどう考えても『欲情』だ。

同性愛者に対する偏見はなかったが、京が今まで惹かれた相手は異性ばかりだった。性的欲求は人なみには覚えるが、性欲はさほど強いほうではないのではと自分ではそう思っていた。付き合ってもいない女性相手に欲情することはまずなかったためである。

それが今、いくら美人とはいえ同年代の男にムラッときてしまっている。自分で自分が信じられない、と思いながらも、これはある意味、必然かなと、同時に京は納得していた。

やはり、藤川に対する感情は、友情ではなく『恋』だ。彼のことを思い、彼のために何かをしたいと願う。身体の底から湧き起こるこの感情の源が『恋』だとすれば彼に対する欲情も説明がつく。

しかし、それを藤川に知られると、距離を置かれる可能性大だな、と藤川は密かに苦笑した。

「どうした？」

会話が途絶えたことを訝ったらしい藤川が、顔を覗き込むようにして問いかけてくる。

「いや……」

近いよ。

ドキ、と鼓動が高鳴ったのがわかった。またも欲情が込み上げ、下肢に熱が籠もる。

マズいな、これは、と心持ち身体を引きつつ、京は「なんでもない」と藤川に笑いかけた。

笑顔が引き攣っていないといいのだが、と顔を伏せた京の肩を、藤川がどやしつけてくる。

「なんだよ、先生。酔ったのか？」

言いながら藤川はそのまま京へともたれかかってきてしまった。

「酔ってるのはそっちだろ」

ほら、と身体を押しやりながら、人の気も知らないで、と京は密かに溜め息を漏らす。

「痛いじゃないか」

屈託なく笑う藤川の顔は見惚れずにはいられないほど魅力に溢れたものだった。

怒った顔も、笑った顔も、本当に美しい。だが美しいから恋をしたわけじゃない。この顔を好きだと感じた。美貌を好ましいと思ったわけではなく、彼の顔だから好ましく感じたのだ。

「なんだよ。そんな、じっと見て」

いつしか京は藤川の顔を凝視してしまっていたらしい。またも肩を小突かれたことでそれに気づいた京の口から、己の思いが零れそうになる。

『好きだ』

いけない、と喉元まで込み上げてきたその言葉を呑み下すと京は、

「かなり酔ってるみたいだなと思ってさ」

と誤魔化し、「酔ってないよ」とまたもたれかかってきた藤川の身体を必要以上に乱暴に押しやったのだった。

「いい部屋じゃないか」

京の住まいは五階建ての古いマンションの三階部分にある角部屋だった。

「そうかね」

住み続けてもう、十年近くなる。設備は古いが堅固な造りであるようで、殆ど他の部屋の生

活音が聞こえないことと、前が道路であるため日当たりのいいところは気に入っていた。

十四畳のリビングと八畳の洋室、という、一人暮らしには充分な広さであるのに、家賃は築浅の物件の三分の二ほどであるのもまた、京がこの部屋に住み続ける理由だった。

「凄い本の量だな」

リビングの壁一面、天井までの高さの本棚にはぎっしりと本が詰まっている。洋室の壁の片側も天井までの本棚を設置し、そこにも和書洋書問わず本がぎっしりと詰まっていた。

「さすが大学の先生、という感じがする」

感心してみせる藤川の目は天井の明かりを受けて煌《きら》めき、酔っているからか頬はうっすらと紅潮している。文字どおりふるいつきたくなるほど魅力的なその姿を前にし、京は必死で彼のほっそりとした腰へと手を伸ばしたくなる衝動を抑え込んでいた。

部屋に呼んだのは決して、下心からではなかった。純粋にもっと話したいと思った。彼のことをもっと知りたかった。共に過ごせば楽しいだろうとも考えたが、今や彼のことを抱き締めたくてたまらなくなっている。

ここはやはり、物理的な距離を取って気持ちを落ち着かせよう。京は心の中でひとりごちると、

「焼きそば、作ってくる。その辺に座って待っててくれ」

と一人キッチンへと向かおうとした。

「手伝うよ」

だが京の意に反し、藤川はあとをついてきたかと思うと、冷蔵庫の扉を開けた京のすぐ傍に立ち、身体を密着させるようにして共に中を覗いてくる。

「凄い整理整頓されてる。先生、もしかしてA型か？」

「整理整頓されてるんじゃなくて、入ってるものが少ないだけだよ。ほら、重いって」

どけよ、と藤川の身体を押しやり、冷蔵庫から肉とキャベツを出そうとする。

「喉、乾いた。ビール、もらっていいか？」

だが相当酔っているのか、藤川は尚も京にもたれかかると、手を伸ばし冷蔵庫の中から銀色の缶を取ろうとした。

頬と頬が触れそうな距離に、京の鼓動が高鳴る。

「あのなあ」

タクシーの中でもふざけてやたらともたれかかってきていたが、その延長なんだろうか。このあとも同じように密着されたら我慢できそうにない、と京は思い切って藤川にそれを伝えようと彼の肩を掴んだ。

「なに？」

にっこり、と藤川が微笑み、京の顔を見上げてくる。

「…………」

ああ、本当に。今、この瞬間にも抱き締めたい。だが実行すれば藤川の顔から笑みが消えるとわかるだけに、思い留まるしかない。

しかしまあ、これを言えばどのみち笑みは消えるか、と覚悟しつつ京は口を開いたのだった。

「あまりくっつかないでくれ。その……色々と、我慢できなくなる」

「え？」

自然と目を逸らしてしまっていた京の耳に、訝しげな藤川の声が響く。

「我慢って？」

「だからその……」

理解していないのか。説明して疎まれるのは勘弁願いたい。が、説明しなければわからないというのなら仕方がない。

下手したらこのまま帰る、と言われるだろうな、と思いながら京は、再び藤川へと視線を向けた。藤川もまた、京を見返す。

「……だから、あまりくっつかれるとその……抱き締めたくなるというか」

「…………」

京の視界の先、藤川の目が見開かれる。

『ふざけるな』

きっと次の瞬間には眼光鋭くなったその目で睨まれ、そう吐き捨てられて終わるだろう。でもまあ、実際抱き締めてしまった場合よりは、マシなのではないか。

しかしこれで終わったことには変わりはない。やれやれ、と溜め息を漏らしかけていた京は、藤川が何も言わず、再びもたれかかってきたことに驚き、咄嗟にその両肩を掴んだ。

「おい?」

「……我慢、しなくていいんじゃないか?」

藤川が目を伏せながら、思いもかけない言葉を告げる。

「……なんだって?」

聞き間違いか。それともまったく違う意味で告げているのか。戸惑いから声を上げた京の腕を振り払うようにし、藤川が身体を寄せてくる。

「俺は、我慢したくない」

「……え?」

意味がわからない。固まってしまっていた京の胸にもたれかかりながら藤川が、伏せていた顔を上げ、口を開く。

「こうしてくっついていたいと思った……京、さんと」

「…………」

京が見下ろす先、藤川の瞳がみるみるうちに潤み、すべらかな頬が紅潮してくるのがわかる。

綺麗だ。と思ったときには京の腕が動き、藤川の背をしっかりと抱き締めていた。

「我慢しなくてよかった」

照れたように笑いながら、藤川もまた京の背を抱き締め返してくる。

「……なあ」

さすがに自分の希望的観測すぎるかと思うような内容を問いかけてみることにする。

「え?」

目を見開いた藤川の、その潤んだ瞳の中に、欲情の焔《ほむら》が立ち上るのが気のせいでなければいい。そう祈りながら京はしっかりと藤川の背を抱き締め、問いを発した。

「俺は君に惹かれている。君も同じだと思っていいかな?」

「……同じ気持ちかは、京さんの心を読めるわけではないからわからないけれど」

少し考える素振りをしたあと、藤川が言葉を選ぶようにして喋りだす。

「……部屋に招かれたとき、下心があればいい、とは思ったよ」

「…………」

なんと。そうだったのか。という驚きが顔に出てしまったからか、藤川は酷く照れた顔になったかと思うと、その顔を京の胸に埋めてきた。

「……誘ったときはなかったけど、今はありまくりだよ」

可愛い。そして色っぽい。そそられずにはいられず、京はしっかりと藤川を抱き締めながら、耳元に誘いの言葉を囁きかける。

「このままベッドに連れていきたいが……どうだろう？」

「望むところだ」

羞恥を覚えたらしい藤川の口調はふざけたものだったが、京の背を抱き締める手にはしっかり力が籠もっていた。

「シャワー、浴びるか？」

生々しい。そう思いながら問いかけた京の腕の中で、藤川が首を横に振る。

「待てそうにない」

聞こえないような声で告げられたその言葉を耳にしてはもう、京の我慢も限界だった。

「わ」

その場で藤川を抱き上げたため、思わぬ高さに驚いたらしい彼が戸惑いの声を上げつつ、京にしがみついてくる。

「ベッドに行こう」

自分の声が上擦っていることに気づき、京はとてつもないほどの羞恥を覚え口を歪めた。

「望む、ところだ」

だが先ほどと同じ台詞を口にした藤川が、しがみつく腕に力を込めてきたことで、口元の歪みは笑みとなった。

「望まれてるなら、本望だ」

軽口で応酬しようとしたが、口から出たのは本心だった。自分が求めていると同じ気持ちを相手もまた抱いてくれているのだとしたらこれほど嬉しいことはない。

しかし本当に夢でも見ているんじゃないだろうか。そう疑わずにはいられない、と思いながらも京は藤川を抱き上げたまま、己の思うがまま、そして藤川の思うがままの行為を実践するべく、寝室へと向かったのだった。

ベッドにそっと藤川の身体を落としたあと京は、これからどのようにして事を始めたらいいのかと、一瞬迷った。

男同士で同衾《どうきん》した経験は今までにない。体格からしても、そして自身の意識からしても、自分は男役――いわゆる『抱く側』に立ちたいが、相手の希望も確認するべきだろうか。

しかし確認した結果、相手もまた『抱く側』を望んだ場合、どのように対処したらいいのか、その術を京は知らずにいた。

服は脱がせるものか。それともそれぞれに脱ぐのか。しかし、相手に聞くのもな、と思いながら覆い被さっていった京の心を読んだのか、藤川が目を逸らしつつ、ぼそ、と呟いた。

「わからないよ、俺にも。何せ、男とこういうことをするのは初めてなんだから」

「俺も」

「え？　そうなのか？」

一緒だ、と頷いた京に対し、藤川が驚いたように問い返してきた。

「ああ。男は初めてだ」

「なんだ、そうか」

驚かれたことに戸惑いつつ、再度頷く京の前で、藤川が安堵の表情となる。

「よかった。どうしたらいいのか、わかってなかったから」

微笑むその顔を見た京の胸に、彼への愛しさが湧き起こり、気づいたときには再び覆い被さり唇を塞いでいた。

「ん……っ」

柔らかな唇の感触に、急速に欲情が込み上げてくる。それで舌を絡め、きつく吸い上げようとしたのだが、応えようとする藤川のぎこちなさに違和感を覚え、つい、くちづけを中断してしまった。

見下ろす先、藤川が恥ずかしそうに目を逸らし、ぼそりと呟く。

「こういうの、あまり経験ないんだよ」

「………」

意外だ。とはいえ、経験豊富というふうにも思っていなかったが、と言葉を探している間に藤川が、言い訳めいた発言を続けていた。

「……いつも、ふられてばかりだったから」

「君が？」

ふる相手の気持ちがわからない、と、先ほど以上に意外に感じたため、つい大きな声で問い返していた京は、返ってきた答えに思わず納得してしまった。

「付き合ううちに、必ずふられる。引き立て役のように感じるといって……」

「……女性はより綺麗でありたいと思うってことだろう」

その気持ちは少しわかる気がする、と告げた京の前で藤川が不機嫌な表情となる。

「フォローはいい」

「実際そう思っただけだ」

フォローじゃない、と言いながら京は再び唇を寄せた。

「可愛い、とは思ったが」

「何が可愛い……」

だ、と言い返そうとしてきた藤川の唇を塞ぎ、舌を絡めていく。

経験が浅いことを恥じる可愛さにやられた、と思う京の口元はどうしても笑ってしまっていた。

別に経験豊富だったとしてもマイナス感情を抱くことはなかっただろうが、そうしたことに慣れていないという事実は、京の欲情をこの上なく高めていた。

「ん……っ」

絡めた舌を吸い上げると、京の下で、びく、と藤川が身体を震わせる。本当に可愛い、と尚も深くくちづけていきながら京は彼のネクタイを解くと、シャツのボタンを外し始めた。

「……っ……ん……っ」

はだけさせたその胸に掌を這わせ、指先で乳首を弄る。びく、とまた藤川は身体を震わせ、合わせた唇の間から甘い吐息を漏らした。

可愛らしすぎるその声に、ますます欲情を煽られながら、ツン、と勃《た》ち上がった乳首を摘まみ上げる。

「……ぁ……っ」

微かな声を漏らした藤川が、たまらない、といった様子で京にしがみついてくる。本当に何から何まで可愛い、と京は微笑んでしまいながら、藤川の胸を弄り続けた。

「ん……っ……あ……っ……んふ……っ」

京の身体の下で、藤川が、欲情に身悶え声を漏らす。京の雄《おす》も既に張り詰めていたが、太腿《ふともも》に当たる藤川の雄も熱と硬さをしっかりと京へと伝えていた。

京の手が自然と藤川の胸から下肢へと滑り、スラックスのファスナーを下ろすとその中に向かっていく。と、京の背に回っていた藤川の手もまた京の下肢へと向かい、ジジ、と音を立ててファスナーを下ろし始めた。

熱い指先を雄に感じ、今度は京が、びく、と身体を震わせてしまった。ぎこちなく雄を扱《しご》き上げる藤川の指先の動きに、急速に昂《たか》まっていく自分を抑えられなくなる。

「あ……っ……や……っ……」

藤川の欲情をも昂めたい。その思いから彼の雄を勢いよく扱き上げると、快感に耐えられなくなったのか、藤川は高く声を上げ始めた。

愛しい。込み上げる快感でいっぱいいっぱいになったのか、己の雄を弄る彼の手の動きが疎かになる、それすら愛しいと思いながら京は、自分のそれと昂まりきっている藤川の雄、二本を握り込むとそのまま、勢いよく扱き上げていった。

「あ……っ……あぁ……っ……あっ……あっ……あっ」

藤川が身を捩《よじ》り、可憐なその唇から欲情を受け止めかねている艶っぽい声が漏れる。それを聞いているだけで、いってしまう、と思いながら京は一段と雄を扱く手の動きを速めた。

「や……っ……あ……っ……あぁ……っ」

それぞれの先端から滴る先走りの液が、京が手を動かすたびにぬちゃぬちゃという淫猥な音をかもし出し、京の、そして藤川の欲情を昂めていく。

「アーッ」

ついに耐えられなくなったのか、藤川が達し、白濁した液を京の手の中にぶちまけた。

「……っ」

その声を聞いて京もまた達し、びく、と身体を震わせる。

「あぁ……」

いかにも満足そうな息を吐いた藤川が、京の背をきつく抱き締めてくる。

本当であればもう一歩、踏み込んだ行為に進みたいという願望が京にはあった。が、満足しているとしか思えない藤川の反応を目の当たりにしては、それ以上を求めることを躊躇せずにはいられなかった。

今はまだ、ここまででいい。だがゆくゆくは——性的には未熟と思しき彼が、己を物理的な意味で受け入れ、共に快楽を極めていけるようになるといい。その願いを込め、息を乱すその唇を唇で塞いでいく。

「……ん……っ」

京の願いは無事に藤川にも伝わったようで、少し照れた様子となりながらも、キスに応えるだけでなく、更に強い力でぐっと背を抱き締め返してくる。

今はもう、それだけで満足だ。微笑み、尚も唇を塞ぎ続ける京の下では、同じく満足感を抱いているに違いない藤川もまた微笑み、この上なく愛しく思っていることを伝えるべく京の背を抱き締め返してきたのだった。

「先生、ちょっといいか?」

既に『恒例』となったといえる口調で、藤川が京の研究室のドアを開く。

「今日はどうした?」

藤川の処分は『口頭での注意』のみですんだのだが、以降、捜査一課内での彼の立場は決して『いい』とはいえないものとなっていた。

それでも決してくさることなく、強すぎる風当たりに抗《あらが》いながら己の信念に従い突き進もうとしている藤川に対する警視庁内の空気が和らいできているという噂を聞いた際、我がことのように嬉しく感じた京が、そんな藤川に問い返す。

「死亡推定時刻が気になる。京さんのことだから間違いはないと思うんだが、何か細工された形跡はないかな?」

仕事において、絶対的な信頼を置いてくれることは本当にありがたいし嬉しく思う。プライベートにおいても『信頼』は築けているよな、と見返す先、藤川がニッと笑いかけてくる。

当然じゃないか、と言いたいであろう藤川の気持ちは、ストレートに京の胸に伝わっていた。

虫が好かない。相性が悪いに決まっている。そんな感情を互いに抱いていたことが嘘のようだ。ある意味、似た者同士というのだろうか、と思わず笑いそうになっていた京の目の前で、藤川が笑みを引っ込め真面目な顔で問いかけてくる。

「どうも矛盾が生じるんだが、そこを解明してほしいんだ」

恋人同士の心の交流はここまで、という態度をとる藤川に、京もまた『公』の顔で頷き返す。

「可能性があるとすれば、室内の温度を長時間、上げることとくらいだが」

公私の別をきっちりつけるところも似た者同士といえるよな、と心の中で呟くと京は、そんな『似た者同士』の藤川と——美しすぎる容貌と熱すぎる正義の心を持つ彼と共に犯罪の真相に到達するべく、真剣に解剖所見へと視線を落としていったのだった。

初夜

『明日は休みなので、今夜家に行ってもいいか？』

昼間、携帯電話に藤川からそんなメールが届いた。

休みであるという連絡は随分前にもらっていたし、藤川の休みの前日には、京のほうで何かのっぴきならない用事がないかぎり、彼が自分の家に泊まることは、ほぼ決まっていた。

なのに敢えて連絡を入れてきたことに違和感を抱いたのだったが、八時頃来ると言っていた彼が、約一時間遅れの九時過ぎにやってきたとき、その違和感はますます強まることになった。

「悪い。遅くなった」

「どうした？」

顔を背けるようにしながら、ぼそりと謝った、その口から微かにアルコールのにおいがしたような気がし、京は思わず手を伸ばして藤川の腕を掴み、顔を覗き込んでいた。

「……なに？」

やはり、藤川は酒を飲んでいるようだ。急な飲み会でも入ったのだろうか。だから一時間遅くなったと？　それならそうと言うはずである。言わない理由はなんだ？　単にこれから言うつもりなのか？

「飲み会でもあったのか？」

別にこちらから聞いてもいいか、と問いかける。当然、何かしらの答えを返すと思っていた藤川は、ここでなぜか、ふっと京から目を逸らした。

「うん、まあ……」

目を伏せたまま曖昧な言葉を告げる彼を目の当たりにし、抱いていた違和感がますます膨らんでいったあまり京はつい、藤川の腕を掴む手に力を込め、彼を問い詰めてしまっていた。

「何かあったのか？　別件が入ったのなら入ったと連絡をしてくれればよかったんだが」

「別件なんて入ってない」

藤川が京の言葉を遮るようにし、声を発する。

「？　そうなのか？」

それならなぜ、約束の時間に遅れた上に酒を飲んでいるのか。もともと飲み会の予定はあったが、途中で抜けるつもりであったので明かさなかった。そういうことだろうか、と納得しようとするも、どうにも気になる。

京は刑事ではないものの、やたらと勘が働くのだった。さぞ刑事になっていたら活躍できたであろうというその『刑事の勘』が、何かあると告げている。

それで再度確認を取ると藤川は、

「なんでもないって……っ」

と、声を荒らげたが、すぐに、はあ、と溜め息を漏らし、首を横に振った。

「……どうせバレるから言うけど、夏男さんの店で飲んでた」

「夏男の？　誰と？」

「一人でだよ」

　言い返す藤川の頬が次第に紅くなってくる。

「…………」

　一人で飲んでいて、一時間遅れた。夏男に用事があったというわけではなさそうだ。となると、と京が見返す先、ますます藤川の顔が紅く、それこそゆでだこのようになっていく。

　澄ました顔も綺麗だが、照れている顔もやはり綺麗だ。紅い頬を、酔いのせいか少し潤んだ瞳を眺める京の胸がどくり、と脈打つ。

　顔を見ているだけでも欲情を煽られるとは、罪な美貌だ、と京は心の中で呟くと、まずは酒でも出すか、と藤川をダイニングへと誘おうとした。それこそ、アルコールでも入れれば彼が頑《かたく》なに閉ざしている口も滑らかになるのではと思ったのである。

「ウチで飲めばよかったのに」

　一緒に飲もう、と藤川の背を促そうとする。と、藤川は抵抗するように足を止め、じっと京を見上げてきた。

「なに？」

　思い詰めた顔をしている。一体何を考えているのかと京はまじまじと藤川の、潤んだせいできらきらと煌めいている美しい瞳を見返した。

「……シャワー、借りてもいいか？」

さま、藤川の顔が羞恥に歪むのを見てすぐ
「えっ？」

思いもかけないことを言われ、京は一瞬絶句した。が、藤川の顔が羞恥に歪むのを見てすぐ
「ああ、勿論」

と動揺を隠し、なんとか微笑むと、どうぞ、と目で浴室を示した。

勝手知ったる、とばかりに藤川がバスルームへと進んでいく。

「タオル、出して使ってくれよな」

「わかった」

背中に声をかけると藤川は振り返りもせず答え、そのまま洗面所へと入っていった。

「…………」

あれは彼なりの『お誘い』なのだろうか。あの顔からするとそうだろう。藤川が奥手であることは京もよく知っていた。誘いをかけるために、アルコールを飲んできたというのだろうか。だとしたら可愛すぎるだろう。京の頬に笑いが浮かび、身体の奥底から欲情が一気に込み上げてくるのがわかる。

彼がシャワーを浴び終えたら、自分もシャワーを浴びることにしよう。いっそ、一緒に浴びようと誘ってみるか。いや、そんなことをしようものなら、藤川が羞恥を募らせ怒りだすかもしれない。せっかくのチャンスを自ら潰すことはない。

我ながら浮かれているとしかいいようのない状態を自覚しつつ京は、シャワーのあと藤川が欲するであろう冷たい水を用意すべく、冷蔵庫へと向かったのだった。

シャワーを浴び終えた彼をどこで待つかと京は考え、リビングではなく寝室にしようと決めた。これもまた勘が働き、藤川がそう望んでいるのではと思ったためである。

果たして京の勘はめでたく当たり、バスタオルを腰に巻いた藤川は、バスルームから真っ直ぐに寝室へとやってきた。

「ほら」

ミネラルウォーターのペットボトルを差し出しながら京は、

「俺も、シャワー、浴びてくるわ」

と藤川の横を通り、ドアへと向かおうとしたが、藤川はペットボトルを受け取ることなく京の腕を掴むことでそれを制してきた。

「いいから」

「え？」

何が、と問おうとした京の腕を強引に引き、ベッドへと向かおうとする。

「シャワーはいいから」

　前を向き、顔を見せようとしないが、彼の耳が真っ赤なのは酔いのせいでもシャワーを浴びたてのせいでもなさそうだった。

　すぐ、やりたい。そういうことかと察したが、欲情を持て余しているといった感じはない。どちらかというと、先ほど以上に思い詰めている様子なのが不思議だ、と京は早くもベッドに横たわってしまった藤川を見下ろした。

「レイラ？」

「電気、消してほしい」

　藤川はやはり、真っ赤な顔をしていた。京から目を逸らし、ぼそりと呟く。

　恥ずかしがり屋の彼は、行為の最中、明かりがついていることを酷く嫌がるのだった。京にしてみたら、美しい肢体も、欲情に乱れる顔も見ていたいのだが、無理を強いるのは好まないため、大人しく言うことを聞いてやっている。

　今日もまたベッドサイドのテーブルに置いてあったリモコンで天井の明かりを常夜灯のみにすると、服を脱ぎ、全裸になって藤川へと覆い被さっていった。

　いつものように唇を塞ごうとしたそのとき、藤川が京の胸を軽く押しやるようにし、口を開く。

「……今夜は……最後まで、やりたい」

「え？」

問い返した直後、京は藤川の発言の意味を察し、思わず息を呑んだ。

「……大丈夫だから」

オレンジ色の小さな明かりの下、藤川の顔はよくは見えなかったが、決意がどれほど溢れているかということはその口調からわかった。

性体験があまりないであろうという配慮のもと、これまで何度もベッドで抱き合ったことはあったが、『最後まで』――いわゆる挿入までしたことはなかった。

京も男性との性体験はなかったものの、藤川よりはそれなりに経験を積んでいたので、常に閨《ねや》では彼をリードしており、藤川が快楽を極められるようにということを一番に考えていた。

男同士でも繋がることはできると当然知ってはいたが、受ける側の負担は相当なものだろうと思い、躊躇っていたのである。

肉体的にもだが、精神的にもきっと覚悟がいるに違いない。なので京からそれを求めることはしないでいたのだが、藤川のほうから申し出があるとは、まったく予想していなかった。

夢でも見ているのではあるまいな。驚愕が大きかったせいもあり、そんな非現実的なことを考えていた京は、藤川が再び、

「大丈夫だから」

と少し怒ったような声で告げたことで、はっと我に返った。

「……無理してないか？」

嬉しい。が、無理をさせてまでしたいことではない。問いかけた京に対し、藤川が相変わらず怒った口調で言い返す。

「無理はずっと京さんがしてたんじゃないのか？」

「してないよ。そりゃいつかは、とは思っていたけど」

正直、もっと時間がかかると考えていた。驚きが去ると嬉しさが込み上げてきた。電気がついてなくてよかった。こうもにやけた顔を見せたら藤川に呆れられかねない。

それでも声が弾んでしまったのがわかったのか、藤川が、ふふ、と笑い、両手を京へと伸ばしてきた。

「よかった。いらない、と言われたらどうしようかと思ってたから」

「言うわけないだろ」

あり得ない、と京も笑い、藤川に抱き寄せられるがまま、再び彼に覆い被さっていく。

「ん……」

唇を唇で塞ぎ、舌を絡めていく。今度は藤川は大人しく京の唇を受け入れた上で、背に回した手にグッと力を込めてきた。

互いの口内を侵し合うような激しいくちづけは京の欲情を煽り、雄が形を成してくる。藤川もまた興奮しているようで、京の下肢に当たる彼の雄もまた、早くも熱を帯びてきた。

ますます興奮が煽られ、京はくちづけを中断すると唇を藤川の首筋から胸へと向かわせ、ピンク色の乳首を口に含んだ。

「や……っ……」

胸が弱い藤川の口から、高い喘《あえ》ぎが漏れる。

いつものように片方を舐《ねぶ》りながら、もう片方を指先で摘まみ、強いくらいの力で抓《つね》り上げる。

「あ……っ」

藤川の背が仰《の》け反《ぞ》り、唇から高い声が漏れたものの、すぐに伸びてきた彼の手が京の髪を掴み、顔を上げさせようとした。

「……ん？」

なんだ、と問いかけた京の耳に、藤川の掠れた声が響く。

「……胸はいいから……。さっきもう、準備、してきたから」

「……っ」

『準備』が何を指すか、考えずとも理解できた京の雄が、その言葉だけでぐぐ、と反りを増した。

そのまま暴走しそうになるのを気力で堪えると京は、

「ありがとう」

と、それでも上擦ってしまった声で礼を言い、一旦身体を起こすと藤川の両脚を抱えて開かせ、下肢に顔を埋めていった。

「そうじゃなく……っ」

藤川の手が再び京の髪に伸びてくる。

「まだ準備がいるんだよ」

すぐに挿入すれば苦痛しか与えない。じっくりと慣らす必要があるのだ、と皆まで言わずに京は既に勃ち上がっていた藤川の雄をすっぽりと口に含んだ。

「あ……っ……や……っ……あ……っ」

舌で先端のくびれた部分を舐りまくり、指で竿を扱き上げる。京の口の中に、苦みが広がってきたのは、藤川の先走りの液が先端から滴っているからだった。

竿を伝うその液で指先を濡らしたあと、京はそっとその指を藤川の後ろに向かわせた。

つぷ。

後孔に指先を挿入した途端、藤川の身体がびくっと震える。だが京が口淫を続けていたせいで、強張ることはなく、指をスムーズに奥まで挿入することができた。

雄を舐りながら指で中を探っていく。男には前立腺があるので、アナルセックスも快楽を得られるという、机上の知識はあるものの、その『前立腺』の在《あ》り処《か》を探った経験がなかったため、慎重に指を動かしていく。

「あ……っ……あぁ……っ……あっ……あっ」

次第に後ろが柔らかくなってきたので、指の本数を増やしてみた。前を攻めながら後ろを二本の指で掻き混ぜる行為が快楽を呼ぶのか、藤川の喘ぐ声はより高くなり、薄紅色に染まった白い肌には汗が滲《にじ》んできた。

指を挿入したそこは今や、ひくひくと蠢《うごめ》き、じんわりとした熱を伝えてくる。三本目の指も無事に受け入れられたことで京は『準備』が整ったと判断を下した。

「あ……っ」

後ろからゆっくり指を引き抜き、前を口から離して身体を起こす。小さく声を漏らした藤川の腰が捩れる様に劣情を煽られつつ、京は彼の羚羊《カモシカ》のようにしなやかな両脚を抱え上げた。

「…………」

ごく、と藤川が唾を飲み込んだ音が聞こえてくる。随分と目が慣れてきた薄闇の中、彼の瞳が真っ直ぐに自身へと注がれているのがわかった。

「力、抜いておいたほうがいいぞ。あと、つらかったら言ってくれ」

我ながら声が緊張している、と京が思ったのがわかったのか、藤川がふっと笑った。いい感じに力が抜けている、と京は一人頷くと、既に勃ちきっていた雄の先端を、ずぶ、と藤川の後ろにめり込ませた。

「……っ」

藤川の身体が一気に強張る。が、京が動きを止めると藤川は、はあ、と息を吐き出したあと

に、

「……大丈夫だって言ったろ」

抑えた声でそう言い、再び息を吐き出した。

「わかった」

頷き、京がゆっくりと腰を進めていく。ともすると身体に力が入りそうになるのを、息を吐くことで藤川はリラックスを試み、どうにかこうにか、京の雄はすべて彼の中に収まることとなった。

ぴた、と互いの下肢が重なり合ったとき、ほぼ同時に安堵の息を吐いたことに、思わず二人して笑ってしまった。

「……やっと……一つになれた」

ああ、と微かに息を吐きながら、藤川が満足そうに呟く。嬉しそうな声音を、うっすら見える幸せそうな笑みを受け止めた京の中では、欲情がこの上なく高まってきてしまっていた。

「……なあ」

大丈夫かなと案じつつ藤川に声をかける。

「え？」

「動いていいか？」

京の問いに藤川は、何を今更、というように笑うと、両手両脚で京の背を抱き寄せてきた。

「いいよ」

「つらかったら言えよ」

どれだけ負担をかけることになるかわからないものの、そんな可愛いとしかいいようのない振る舞いをされたらもう、我慢できない、と今度は京がごくりと唾を飲み込むと、背中に回った藤川の脚を解かせ、抱え直したあとに、ゆっくりと律動を開始した。

「ん……っ……なんか……っ……」

京の下で藤川が、微かな声を上げる。

「つらいか?」

ならやめる、と問うた京は、返ってきた藤川の答えを聞き、より、欲情を煽られることとなった。

「……なんか……っ……いい、かも……っ」

「……っ」

感じているらしい、とわかった途端、京の中でぷつりと音を立て、理性の糸が途切れた。そのまま激しく、藤川を突き上げていく。

「あ……っ……あぁ……っ……あっ……あっ」

力強い律動は、藤川にも充分すぎるほどの快感を与えているようで、彼の喘ぐ声も次第に高く、切羽詰まっていった。

「……もう……っ……もう……っ」

昂揚するまま、延々と突き上げを続けていた京の耳に、藤川のやや苦しげな声が響き、我に返る。

「……悪い……」

喘ぎすぎたせいか、藤川が息も絶え絶えになっていることに今更気づいた京は、彼の片脚を離し、二人の間でパンパンに張り詰めていた彼の雄を握ると、一気に扱き上げてやった。

「アーッ」

一段と高い声を上げ、藤川が達する。それを受け、彼の後ろがぎゅっと締まった、その刺激で京も達し、彼の中にこれでもかというほどの精を注いでしまった。

「ん……っ」

はあはあと息を乱しながらも、藤川が両手を伸ばし、京を抱き寄せようとする。何か言いたいことがあるのか、と覆い被さっていくと、藤川は京をしっかり抱き締め、耳元に囁きかけてきた。

「……好きだ……」

掠れた声が、乱れる息が耳朶にかかる感触が、収まりかけた京の欲情に火を灯す。だが今は行為の余韻に浸る恋人をただしっかりと抱き締めていよう。そう心に決めると京は、

「俺もだよ」

と藤川に囁き返し、幸せそうな笑いを漏らす彼の呼吸を妨げぬよう、唇に、頬に、額に、瞼《まぶた》に、数え切れないほどのキスを落としていったのだった。

あとがき

はじめまして&こんにちは。愁堂《しゅうどう》れなです。

この度は八冊目のダリア文庫となりました『美しすぎる男』をお手に取ってくださり、本当にどうもありがとうございました。

久々のダリア様からの文庫は、誰もが見惚れずにはいられない絶世の美貌の持ち主でありながら、その美貌を裏切る気の強さを持つ若き刑事、藤川レイラと、身長も内面もおおらかにしてワイルド、包容力溢れる有能な法医学者、廣瀬京の、私の大好きな二時間サスペンスチックなラブストーリーとなりました。

本当に楽しみながら書かせていただきましたので、皆様にも少しでも楽しんでいただけましたら、これほど嬉しいことはありません。

イラストをご担当くださいました蓮川愛《はすかわあい》先生、いつもながらの本当に‼　本当に美しい、まさに『美しすぎる』イラストをどうもありがとうございました！

キャララフをいただいた際の私の興奮っぷりは、担当様をも引かせるほどだったのではないかと思います。

美しさと凛々しさ、そして可愛らしさが全開のレイラを、かっこよすぎてもうどうしたらいいのかわからない！　文字どおり『きゃ――――』と黄色い声を上げてしまうほど（すみません・笑）ワイルド&セクシーな京を、実はお気に入りキャラだった（京に報われない恋心を抱いているところが・笑）嶺路を、本当に素敵に描いていただけて、本当に本当に幸せでした。

今回、お声をかけてくださった担当様、あとを引き継いでくださった担当様にも大変お世話になりました。

他、本書発行に携わってくださいましたすべての皆様に、この場をお借り致しまして心より御礼申し上げます。

最後にこの本をお手に取ってくださいました皆様に、御礼申し上げます。

『レイラ』という名前は実は、名前にインパクトがありすぎるという理由で、プロット段階では一旦ボツになったのですが、どうしてもこのキャラクターは『レイラ』にしたいとお願いし、そのままの名前となりました。

『チャラララララー』というあの曲のイントロと、サビの『レイラー♪』が大好きで、『美しすぎる』男の名前はこれしかないと思っていたのですが、OKをいただけたときは嬉しかったです。担当様、我が儘を申し、申し訳ありませんでした。

『京』という名前も気に入っています。私の母は『京子』というのですが、都民の日に生まれたからとのことでした（東京《とうきょう》の「京」だそうです）。本書の『京』の名前の所以は、数字の単位の『京』か、母親が京都出身だから、とか、あれこれ考えました。十月一日生まれだから、という理由ではありません（笑）。

レイラと京、それに嶺路は自分でも本当に気に入ったキャラクターになりましたので、皆様にも気に入っていただけるといいなとお祈りしています。ちなみに担当様は夏男を気に入って？　くださったとのことで、それも嬉しかったです（笑）。

よろしかったらお読みになられたご感想をお聞かせくださいませ。心よりお待ちしています！

また皆様にお目にかかれますことを、切にお祈りしています。

平成二十九年九月吉日

愁堂れな
（公式サイト『シャインズ』http://www.r-shuhdoh.com/）

初出一覧

美しすぎる男 ………………………………………… 書き下ろし
初夜 ………………………………………………… 書き下ろし
あとがき …………………………………………… 書き下ろし

ダリア文庫をお買い上げいただきましてありがとうございます。
この本を読んでのご意見・ご感想・ファンレターをお待ちしております。

〒170-0013 東京都豊島区東池袋3-22-17　東池袋セントラルプレイス5F
(株)フロンティアワークス　ダリア編集部
感想係、または「愁堂れな先生」「蓮川 愛先生」係

美しすぎる男

2017年10月20日　第一刷発行
2017年11月 1日　第二刷発行

著　者
愁堂れな

発行者
辻 政英

発行所
株式会社フロンティアワークス
〒170-0013 東京都豊島区東池袋3-22-17
東池袋セントラルプレイス5F
営業　TEL 03-5957-1030
編集　TEL 03-5957-1044
http://www.fwinc.jp/daria/

印刷所
中央精版印刷株式会社